Charlotte Hofmann-Hege

Der Zeit Flügel geben

Charlotte Hofmann-Hege

Der Zeit Flügel geben

Eine Familiengeschichte

BRUNNEN
VERLAG GIESSEN · BASEL

Ich danke Frau Johanna Stahl, Calw,
Herrn Pfarrer i.R. Werner Knoch, Reutlingen
und Frau Irmtraut Eisenmann, Tuttlingen
(Enkelin von Luise Eisenmann) für ihre hilfreiche Mitarbeit.

Die Briefzitate sind in der Original-Schreibung wiedergegeben.

1. Auflage 2005 Brunnen Verlag Gießen
www.brunnen-verlag.de
Umschlagmotiv: Basler Missionshaus um 1900
Umschlaggestaltung: Rainer E. Rühl
Satz: Fotosatz Stolz, Lahr
Herstellung: Ebner und Spiegel, Ulm
ISBN 3-7655-3813-2

Inhalt

Vorwort

Die Ehrfurcht vor dem Vergangenen
und die Verantwortung gegenüber der Zukunft
geben fürs Leben die rechte Haltung.

Klaus Bonhoeffer

Auf dem Dachboden eines altehrwürdigen Hauses im Süden Deutschlands führte ein Koffer voller angegilbter Briefe ein vergessenes Dasein. Als das Haus nach dem Tod seiner Bewohnerin geräumt wurde, hätte das wertlos erscheinende Stück samt allerlei Gerümpel im Abfall-Container landen können. Aber aufmerksame Augen haben es in unsere Zeit herübergerettet.

Die einzige noch lebende Zeitgenossin der Schreiber und Empfänger dieser Briefe ist Frau Johanna Stahl aus Calw. Sie nahm den Koffer an sich. Viele kennen Frau Stahl noch aus der Zeit ihres Wirkens, etwa am Evangelischen Diakonieseminar in Denkendorf oder von ihrem intensiven Einsatz in der Kinderkircharbeit, sowie als Lektorin.

„Es gibt niemand mehr, den ich fragen kann", sagt sie wehmütig im Blick auf die vielen, vielen Briefe. Sie selbst taucht nämlich in den Aufzeichnungen erst ganz zum Schluss als kleines Mädchen gerade noch auf. „Es geht schnell mit dem Vergessen und Vergessenwerden", sagt sie.

Eines Tages vertraute Johanna Stahl mir die Briefe zur Bearbeitung an: „Müsste man sie nicht in einem Buch festhalten?“

Zunächst war ich hilflos. Was sollte ich mit diesen schriftlichen Hinterlassenschaften mir unbekannter Menschen und ihren unspektakulären Schicksalen aus längst vergangener Zeit anfangen? Hatten sie denn noch irgendetwas mit der bedrängenden Gegenwart unseres jungen dritten Jahrtausends zu tun? War das Studium solch alter Schriften vielleicht gar eine Zeit- und Kraftverschwendung?

Aber dann machte ich einige sehr bewegende Entdeckungen. Zunächst fühlte ich, dass diese Handschriften aus der damaligen Gegenwart etwas vermitteln, was kein noch so perfekter Computer-Ausdruck je herüberzubringen vermag. Die Schreiber begannen Fleisch und Blut anzunehmen, und bald war es mir, als säße ich in ihrer gemütlichen Stube mit ihnen um den Kachelofen und dürfte in den bescheidenen Erlebnissen dieser vertraut gewordenen Freunde dem Sinn des Lebens nachspüren.

Die zweite Entdeckung war tiefgreifender. Vielleicht muss ich sagen: Es war eine Erkenntnis, die mir widerfuhr. Immer wieder musste ich mich fragen: Wo sind wir modernen Menschen denn nur hingeraten? Sind wir uns selbst entfremdet? Und ich merkte auf einmal, wie hilfreich jene Briefe vieles in mir zurechtrückten.

Mehr will ich jetzt, zu Anfang, nicht darüber sagen. Der Leser soll seine Entdeckungen selbst machen dürfen, um das herauszufinden, was für ihn wichtig ist.

Beim flüchtigen Lesen könnte man denken: Nun ja,

früher war die Welt eben heiler. O nein! Die Lebensumstände waren vor hundert Jahren, noch ohne die heutigen medizinischen, technischen und sozialen Errungenschaften, weit herber. Meist war die Armut groß. Aber die Menschen, wenigstens diejenigen, die in den Briefen vorkommen, scheinen in sich selbst „heiler" gewesen zu sein. War es, weil der Wirbel des „immer größer, immer schneller, immer mehr", der uns Heutige mitzureißen droht, sie noch nicht erfasst hatte? Oder weil sie ihr Menschsein in einem größeren Familienverband gründlicher bewähren mussten? Vielleicht auch, weil sie eine andere Beziehung zum Leiden hatten? Ich möchte die Fragen offen lassen. Für aufmerksame Leser werden sie sich lösen.

Es sind ja nur eine Hand voll schlichter Leute, denen wir in den alten Aufzeichnungen begegnen. Sie tragen keine großen Namen. Aber was Menschen wirklich sind, erfahren wir auf der Bühne des Lebens aus den leisen Rollen meist besser als aus denjenigen der großen Stars. Und bei aller manchmal ungeübten und altmodischen Ausdrucksweise wussten diese einfachen Menschen doch genau, was in der Tiefe des Menschenherzens vor sich geht. Ohne viel Aufwand entwickelten sie sich in aller Stille dabei zu wesentlichen Persönlichkeiten. Mir selbst hat, so viel will ich wenigstens im Voraus verraten, dieser Blick nach rückwärts einen ganz neuen Blick nach vorne geschenkt.

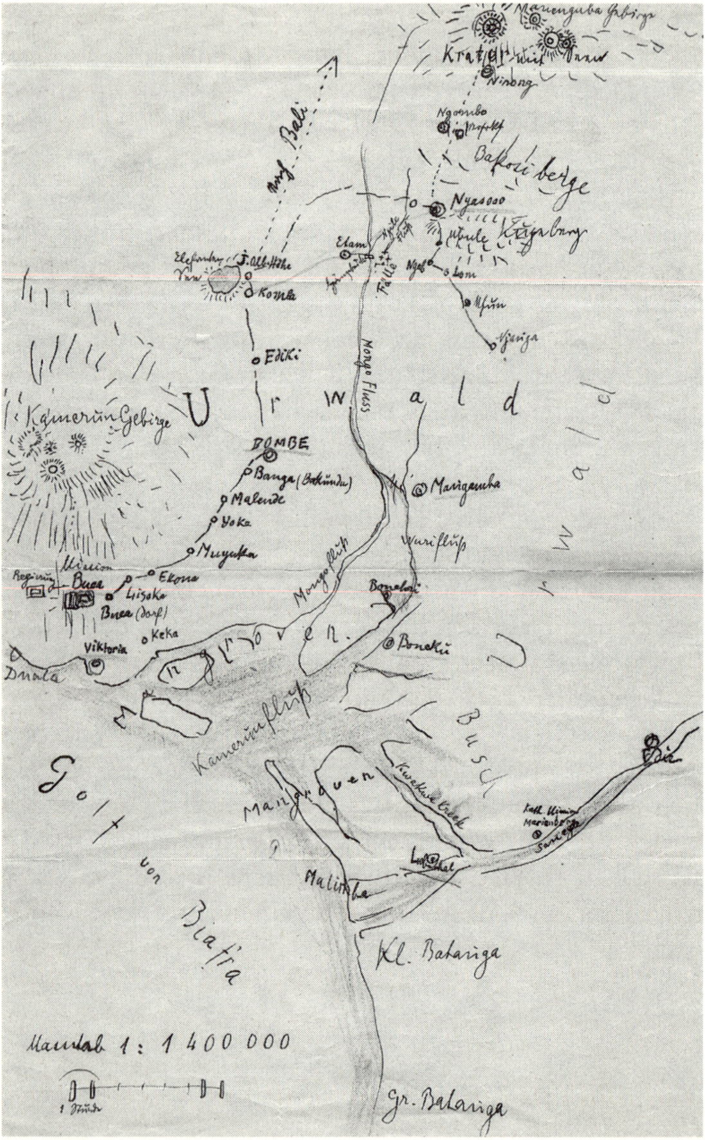

Von Heinrich Stahl gezeichnete Karte von Kamerun

Kindheit in Ostelsheim

Es gibt nur ein Mittel, sich wohl zu fühlen:
Man muss lernen, mit dem Gegebenen zufrieden zu sein,
und nicht immer das verlangen, was gerade fehlt.

Theodor Fontane

Ehe wir die Briefe entfalten, müssen wir eine kleine „Zeitreise" machen, zurück in die zweite Hälfte des 19. Jahrhunderts. Dabei kehren wir in einem, wie Goethe sagt, „geringen Landort" namens Ostelsheim ein, zwei Fußwegstunden vom damaligen Oberamtsstädtchen Calw entfernt, im Schwarzwaldvorland. Die weite, freie Gegend wird Hecken- und Schlehengäu genannt, denn Weintrauben wachsen hier nicht. Der karge Boden trägt Hafer, Hopfen und Hanf. Im Winter kann der scharfe Ostwind ganz tüchtig durch die Dorfgassen pfeifen.

Mitten im Dorf liegt die wohlgestaltete evangelische Kirche und der Heiligenpfleger Fenchel teilt den Bewohnern beim „Zeichenläuten" die jeweilige Stunde mit, denn die wenigsten besitzen Uhren, dafür sind sie zu arm. Die aufkommende Industrie hat noch nicht in das abgelegene Dorf gefunden. Aber Armut verbindet auch. Und so hat der karge Ort seine eigene reiche Seele. Die Bewohner sind fest eingebunden in das dörfliche Brauchtum, als Last und Hilfe zugleich. Ja, in einem Dorf lernt man einander kennen.

Greifen wir nun also in den Koffer mit den Briefen, wobei wir gleich den dicksten erwischen, weil er ein wenig heraussticht. Es ist das Bewerbungsschreiben eines Achtzehnjährigen. Seine Schrift findet sich am häufigsten in dem Koffer und so können wir an seinem Leben von Anfang an entlang gehen.

Das Schreiben des jungen Mannes ist im Vergleich zu seinen späteren Aufzeichnungen noch ungeübt, dennoch bewegen uns sofort seine ersten Sätze:

Am 8. September 1875 wurde ich, Heinrich Stahl, als einziger Sohn des Bauern und Gastwirts „Zur Rose", Heinrich Stahl, und seiner Ehefrau Friederike, geb. Schuler, in Ostelsheim geboren und ebenfalls auf den in unserer Familie üblichen Namen für den Erstgeborenen, Heinrich, getauft. Sechs Wochen vor meiner Geburt hatten meine Eltern ihre drei blühenden Kinder, meine Geschwister, im Alter von sechs, vier und zwei Jahren innerhalb von drei Wochen durch die Scharlachkrankheit verloren. Schon früh wanderte ich mit meiner Mutter zu ihren Gräblein auf den Friedhof vor dem Dorf.

Wir sehen den kleinen Buben an der Hand seiner Mutter, wie sie beide an den Sommerabenden mit ihrer Gießkanne zu dem schönen Ostelsheimer Friedhof hinausgehen. Alle Leute im Dorf grüßen freundlich, denn sie wissen, dass die Rosenwirtin nach Heinrichs Geburt zu den drei Gräblein noch einmal zwei dazu bekommen hat. Diese Kinder lebten nur wenige Wochen. Der Sohn hat sie nicht erwähnt, aber im Totenbuch von Ostelsheim sind sie aufgeführt. Die Leute nehmen teil an Friederikes Schicksal. Es war damals ein häufiges Frauenlos. Dennoch ging jedes der Kleinen vom Herzen. Und die Mutter fasste fester nach der Hand des Dreijährigen und dachte – es war fast wie ein Gebet: wenn ich's nur behalten darf, mein Büble, mein Einziges. Nein, ich will es nicht für mich haben, es soll sein wie bei der Mutter Hanna und ihrem Sohn Samuel im Alten Testament. Aber es soll groß und stark werden dürfen und mitbauen an Gottes Reich ...

Friederike Stahl bangte nicht ohne Grund, denn die ersten Aufzeichnungen, die sie selbst geschrieben hat, berichten über eine erschreckende Begebenheit:

Am 8. Oktober 1878 wurde unser liebes einziges Kind von drei Jahren durch Gottes gnädige Vaterhand bewahrt, indem über ihm, als er schlief, die Wand einstürzte, sodaß er förmlich im Schutt begraben lag. Wir durften ihn wieder in die Arme nehmen, ohne ihm ein Haar gekrümmt zu sehen, was wir zeitlebens nicht vergessen werden und Gott nicht genug dafür danken können.

Wenn Friederike „wir" schreibt, meint sie damit ihren Mann, der ihr in Freud und Leid hilfreich zur Seite stand.

Er muss ein Besonderer gewesen sein, der Rosenwirt Stahl. Gastwirt im eigentlichen Sinn war er sicher nicht. Lediglich eine einfache Gaststube gab abends den Männern des Dorfes die Möglichkeit, nach harter Tagesarbeit dem häuslichen Kindergeschrei für eine Stunde zu entrinnen. Bei einem Glas selbst gekeltertem Most oder Hopfenbier unterhielten sie sich gern mit dem klugen, auffallend belesenen Mann. Die Handschrift seiner Briefe ist eher diejenige eines Lehrers oder eines Pfarrers. Dabei hatte er als Beruf nur die angestammte, äußerst bescheidene Landwirtschaft zu betreiben und nebenbei in der Gaststube ein winziges Zubrot.

Auffallend war in der karg möblierten Stube ein wunderbarer, sehr alter und sorgfältig renovierter Schrank, heute als Erbstück noch erhalten. Der Rosenwirt hatte ihn einst in seiner Militärdienstzeit von einem emeritierten Major erhalten. Der alte Herr hatte den aufgeweckten Grenadier immer wieder einmal als seinen Burschen angefordert, damit er ihm vorlese und seine Bibliothek in Ordnung bringe. Nichts war dem bildungshungrigen jungen Mann lieber. Dennoch ist ihm während seines Militärdienstes einmal etwas Peinliches widerfahren und der Major konnte ihn nicht schützen. Während seines Nachtwachendienstes (in Cannstatt) wurde es ihm langweilig und er zog aus dem Versteck seiner Patronentasche einen winzigen „Goethe" heraus. Er war so sehr ins Lesen vertieft, dass er den herannahenden Feldwebel nicht bemerkte. Diese „Untat" brachte ihm Arrest auf dem berühmten Asperg bei Ludwigsburg ein. Zum Glück hat er nicht so lange dort oben sitzen müssen wie etwa Christian Friedrich Daniel Schubart oder andere bedeutende Gefangene. Vermutlich hat er in seiner Gaststube manchmal davon erzählt. Währenddessen ging die junge Mutter auf und ab, brachte Getränke und selbst gebackenes Brot. Dazwischen schlich sie in die Schlafstube, um nach ihrem kleinen Heinrich zu sehen, der friedlich schlief.

Der Rosenwirt war auch politisch interessiert. Das zeigt ein Gedicht, welches er dem Altkanzler Bismarck widmete und das so viele historische Einzelheiten erwähnt, dass heute nur noch Geschichtswissenschaftler sie deuten können. Das persönliche und aufmerksame Dankschreiben des Altkanzlers in ungemein energischer Schrift ist unter den Briefen nicht mehr zu finden. Der Rosenwirt war mit Recht stolz darauf. Da er kaum Geld hatte, ließ er sich in seinem Wissensdrang seinen Lesestoff schrittweise in Form von „Hempels wohlfeilen Classiker-Ausgaben“ (kleine geheftete Lieferungen) zuschicken, sobald er wieder ein paar Groschen erübrigen konnte. Im Lauf der Jahre erwarb er sich damit eine richtige Bibliothek.

Dem kleinen Heinrich erzählte der Vater sicher viele Geschichten, Sagen und Märchen. Später gab er ihm die „Biblischen Poesien für Kinder“ in die Hand. Heinrich freute sich an den schönen Stahlstichen und dann auch über die Gedichte. Die „Biblischen Poesien für Kinder“ waren vom Calwer Verlagsverein herausgegeben worden. Heinrich war von Natur aus heiteren Gemüts und die Eltern haben gewiss die größte Freude an ihm gehabt. Sonntags gingen sie alle miteinander zu ihrem Grundstück, ins „Bienengründle“. Ohne ihn ängstlich zu verzärteln, scheinen die Eltern ihren Sohn in schlichter Natürlichkeit erzogen zu haben.

Mit fünfeinhalb Jahren marschierte der Kleine dann täglich in die Dorfschule. Ein tüchtiger Schulmeister brachte den Kindern Pünktlichkeit, Ordnung und Fleiß bei. Heinrichs Schriftzüge blieben ein ganzes Leben lang, auch bei großer Eile, immer gleichmäßig schön und gut lesbar. Allerdings war damals eine schöne Schrift, die überall gebraucht wurde, wesentlich wichtiger als heute.

Heinrich schreibt weiter:

Ein halbes Jahr später, als der Winter vor der Tür stand und ich mich schon auf Weihnachten freute, brach in unserem Dorf unter der Kinderwelt wieder das

Scharlachfieber aus, wovon auch ich nach kurzer Zeit befallen wurde. Nicht weniger als zwei Monate lag ich an der tückischen Krankheit darnieder, und weder Eltern noch Ärzte, überhaupt niemand mehr glaubte an mein Aufkommen. Es schien, als solle auch ich, gleich meinen vor mir gewesenen Geschwistern, schon in zarter Jugend eine Beute des Todes werden. Indessen hat es Gottes gnädiger Wille diesmal anders beschlossen. Bald nachdem mir eine Menge bitterer Arzenei aufgezwungen worden war, trat die allmähliche Besserung ein.

Weihnachten nahte und der kleine Kranke war zutiefst unglücklich, weil er am Christfest nicht die wundervolle hohe Lichtertanne in der Kirche sehen könne. Dieser Schmerz gehörte wohl zu seinen einprägsamsten Kindheitserinnerungen. Da wagte es die beherzte Mutter, ihn nach Beginn des Christfestgottesdienstes in eine warme Decke einzuhüllen und ihn vor das hell erleuchtete, fast bis zum Boden reichende Kirchenfenster zu tragen. Und dem kleinen Buben war es, als tue er einen Blick durch die geöffnete Himmelstür.

Erst nach Weihnachten durfte Heinrich wieder in die Schule.

Im 2. Schuljahr wurde ich mit einem Schwesterchen erfreut, welches, als es einige Jahre alt war, plötzlich von einer Hüftgelenksentzündung befallen wurde und kurz darauf nicht mehr gehen konnte. Nachdem auch in der Kinderheilanstalt Ludwigsburg sowie in Wildbad keine Besserung erzielt wurde, nahmen meine Eltern das Schwesterchen wieder zu sich heim. Ich erwähne dies, weil ich selbst einen Teil der Pflege für die so sehr geliebte, kranke Sophie übernommen habe und manche durch

Mitleid getrübte schmerzliche Stunde dabei erlebte. Nach einem Jahr des Leidens starb das Schwesterchen.

Bei Sophies Sterben war Heinrich elf Jahre alt. Wer den kleinen Mann mit seinem Schulranzen recht munter das Ostelsheimer „Gängle“ hinauf- und hinunterrennen sah, ahnte nicht, wie viel in diesem Bubenleben schon an Lebensreife erworben worden war. Da war Verantwortung zu tragen gewesen, war die Grenze von Tod und Leben berührt und das Glück einer warmen Geschwisterliebe erlebt worden. Und jetzt war ein neues Stück Einsamkeit zu erlernen. Kinder wissen und erfahren oft mehr, als man vermutet.

Neben seinen Schulpflichten her war Heinrich schon früh den Eltern in „allerlei Haus- und Ackergeschäften“ behilflich. Wie hart die Feldarbeit in dem kleinen Anwesen damals war, geht aus vielen Briefstellen hervor. Besonders die Zeit der Hopfenernte stand jedes Mal wie ein Berg vor der Mutter, denn man konnte sich keine gelernten Hilfskräfte leisten.

In meiner freien Zeit las ich ein Buch oder widmete mich dem Zeichnen, was ich sehr gerne tat. Mit dreizehn Jahren sollte ich konfirmiert werden. Damit war es Zeit, mich für eine Berufsausbildung zu entscheiden, die kein Geld kostete. Meine Eltern hätten mich zwar notwendig zuhause brauchen können, aber das kleine Anwesen hatte auf die Dauer keine Zukunft. Von jeher hatte ich eine große Neigung zu Büchern, nicht nur für deren Inhalt, sondern auch für deren äußere Aufmachung. Ich entschloß mich, Buchbinder zu werden. Meine Eltern waren damit einverstanden, obwohl mich der Vater ursprünglich für etwas anderes bestimmt hatte. Doch da er sich nicht in glänzenden Vermögensverhältnissen befindet, mußte er von seinem Plan absehen und war mit meinem Entschluß zufrieden.

Lehrzeit

Nichts ist leicht, was sich lohnt.

Indirah Gandhi

Am Sonntag, 7. April 1889, wurde ich in der Kirche zu Ostelsheim von Pfarrer Zeller konfirmiert. Bald darauf mußte ich das Elternhaus verlassen, um bei Buchbindermeister Dierlamm in Calw die Lehre anzutreten. Dort hatte ich schon vorher einige Bekannte, denen ich mich in meiner Freizeit anschließen konnte. Ich wurde auch in den Jünglingsverein eingeführt. An Sonn- und Feiertagen machte ich einen Besuch bei meinen Eltern, zu Fuß, weil ich ja nur zwei Wegstunden nach Hause hatte. Für die Hopfenernte, die meine Eltern nicht allein bewältigen konnten, erhielt ich jeweils 14 Tage Urlaub.

Bereits in dieser Zeit zeigte sich Heinrichs Begabung, Freundschaften zu schließen, aus dem Jünglingsverein (heute CVJM) sind lebenslange Freundschaften hervorgegangen. Außerdem war es gar nicht so übel, im Oberamtsstädtchen Calw als Buchbinderlehrling zu arbeiten. Der Beruf des Buchbinders war damals sehr gefragt und angesehen.

Da Heinrich vermutlich dem zwei Jahre jüngeren Hermann Hesse über den Weg gelaufen ist, geben dessen zarte und feinsinnige Darstellungen des damaligen Calw auch für Heinrichs Aufenthalt die Kulisse ab. Vater Johannes Hesse, der nach seiner Missionstätigkeit in Indien den berühmten und erfolgreichen Calwer

Verlagsverein leitete, gab der Stadt ein Stück weit ihr geistiges Profil. Missionare aus aller Herren Länder besuchten den behaglichen Ort mit den stilvollen Bürgerhäusern und brachen die drohende kleinbürgerliche Enge auf, die sich in manchen Schwarzwaldgegenden breit macht. Auch mit der bedeutenden Missionarsfamilie Gundert waren die Stahls bekannt, Mutter Friederike erzählte immer wieder einmal von Frau Julie Gundert, die eine besonders originelle Frau war.

Man ist mit noch nicht einmal 14 Jahren fast zu jung, um, auf sich selbst gestellt, zurecht zu kommen. Und so war die Mutter in Ostelsheim nie ohne Sorge, ob ihr Bub auch immer einen rechten Weg gehe. Ihr Einfühlungsvermögen und ihre verhaltene, aber zwischen den Briefzeilen geradezu zitternd spürbare Besorgnis ist bewegend. Treulich schickte sie ihrem Sohn immer wieder seine frisch gerichtete Wäsche und trotz äußerst begrenzter Mittel fand sie stets eine süße Kleinigkeit fürs Wäschepaket.

... Wenn Du schwarze Wasch hast, schicke sie baldmöglichst. In der rechten Hosentasche findest Du 20 Pfennig. Ich schenk dir das Vertrauen, daß Du keinen Pfennig unnötig ausgibst. Du weißt, wie sauer es uns wird ... Verhalte Dich jederzeit so, daß Deine Herrschaft zufrieden sein kann mit Dir ... Am Sonntag wollen Dich einige Deiner Kameraden von hier besuchen. Ich lege dir 50 Pfennig bei, damit Du nicht in Verlegenheit kommen mußt, wenn Ihr in die Wirtschaft geht ... Sorge dafür, daß es keine üblen Nachreden gibt ... Wir befehlen Dich dem lieben Gott alle Tage an, daß er Dich behüte auf Deinen Wegen ...

Der rasch zu einer gewissen Reife Heranwachsende scheint die mütterlichen Ermahnungen, die hier nur andeutungsweise aufgeführt wurden, freundlich aufgenommen zu haben. Er spürte die echte Fürsorge und Liebe dahinter. Jede seiner Rückmeldungen schloss mit der Wendung:

Es grüßt Euch Euer dankbarer Sohn.

Die Lehre bei Meister Dierlamm war streng, aber gut. Wenn die Eltern – selten genug – einmal nach Calw kommen konnten, staunten sie über die Fertigkeiten ihres jungen Sohnes. Ab und zu versuchte er nun, an den Feierabenden auch des Vaters Lieferhefte von „Hempels wohlfeilen Ausgaben“ in Bücher zu binden.

Das schönste Geschenk für den Vater wurde Heinrichs Gesellenstück. Der Rosenwirt hatte sich auch für eine besondere Bibel je nach seinem Vermögen einzelne Lieferhefte kommen lassen. Sie waren mit Bildern und sehr wertvollen Sacherklärungen ausgestattet. Jahrelang hatte er die Hefte gesammelt. Nun packte er sie zusammen und schickte sie in die Buchbinderei.

Lieber Heinrich,

Hiermit schicke ich Dir die unschätzbare Bibel. Du wirst feststellen, daß ich sie sorgfältig verpackt habe. Ich wünsche Dir Segen und Gedeihen zu Deiner Arbeit. Die Bibel soll ein kostbares Vermächtnis und Testament an Dich sein. Gottes Wort – es ist Dein Glück auf Erden und wird, so wahr Gott ist, Dein Glück im Himmel werden.

Es wurde eine Prachtbibel, ganz in Leder gebunden, mit goldverzierten Ecken, ein wundervolles Gesellenstück. Welch ein Glanz in meiner Hütte, dachte der Rosenwirt heimlich im Blick auf den unendlich bescheidenen Zuschnitt seines Hauses.

Meister Dierlamm stellte dem frisch gebackenen Gesellen, den er wohl lieb gewonnen hatte, ein ermutigendes Zeugnis aus:

„*Ich kann ihm in jeder Beziehung das beste Zeugnis ertheilen, sowohl über Brauchbarkeit als auch über Treue, Fleiß, Rechtlichkeit und Solidität.*“

Damals gingen die Gesellen nach ihrer Ausbildungszeit gerne „auf die Walz“. Sie wollten Land und Leute kennen lernen. Freilich waren die „Handwerksburschen“ nicht überall gern gesehen. Und Heinrich spürte genau, dass er seinen Eltern mit derlei Plänen nicht kommen durfte. Er wollte es auch nicht, denn alle seine Freunde versuchten, ihre Berufsausbildung strebsam voranzubringen.

Es scheint nicht ganz leicht gewesen zu sein, eine geeignete Gesellenstelle zu finden, aber schließlich ergab sich doch noch eine Möglichkeit. Sie fand sich in Rottweil bei einem Buchbinder namens Grathwohl.

Entscheidung

Ich weiß, o Herr, dass es nicht in eines Menschen Gewalt steht, seinen Weg zu bestimmen.

Jeremia 10, 23

Rottweil, am oberen Neckar gelegen, war eine traditionsreiche kleine Stadt mit ganz eigenem Gepräge. Schon Römer und Franken hatten sich dort angesiedelt und Rudolf von Habsburg ernannte die kleine Reichsstadt zu seinem Gerichtsbezirk. Bis zum heutigen Tag ist sie durch ihre Fasnachtskultur berühmt. Auch Leute, die nichts mit der Fasnacht anzufangen wissen, können dem herrlich gestalteten althergebrachten Festzug mit den handgeschnitzten Masken ihre Anerkennung nicht versagen.

Heinrich kam freilich nicht zum Fasnachtfeiern nach Rottweil, sondern zu ernster Arbeit, in die er auch sofort hineingeworfen wurde.

Rottweil, 11. September 1892

Liebe Eltern!

... Herrn Grathwohls Äußeres ließ mich auf seinen Charakter schließen: streng, ziemlich kalt, dabei aber nicht ohne rechtschaffene Grundsätze. Seine Frau ist sehr freundlich. Das Haus ist von großem Umfang, sehr alterthümlich, wie es hier überhaupt viele solche alten Häuser gibt. Die Werkstatt ist unten, nebenan die Wohnstube, auf der anderen Seite der Laden. Durch ein Labyrinth

von Gängen und Treppen gelange ich in mein Zimmer. Es ist tapeziert und wäre ganz nett, wenn es – ein Fenster hätte. Am ersten Tag mußte ich mich sehr in acht nehmen, daß ich in dem dunklen Haus nicht 25 mal meinen Kopf hinschlüge, bis ich endlich in meiner Kammer gelandet war. Ich verstand inzwischen den Spruch, den mir Tante Gwinner mitgegeben hatte (Ps. 121): Des Tages wird dich die Sonne nicht stechen, noch der Mond des Nachts. Als ich mein stockdunkles Zimmer betrat, war mir klar, daß mich weder der Mond noch die Sonne stechen würden ...

Nach einiger Zeit antwortet er auf einen Brief der Mutter:

... Ob ich mich bei meinen Meistersleuten wohlfühle, fragst Du, liebe Mutter. Offen gestanden, nein. Herr Grathwohl ist ein wunderlicher, mürrischer Mann. Übrigens komme ich schon mit ihm aus. Mein Lohn beträgt vier Mark die Woche. Ich habe viel zu arbeiten, überhaupt viel zu besorgen. Doch ich hoffe, daß es mit Gottes Hilfe gehen wird. Grathwohls sind katholisch, und vor und nach dem Essen geht ein Geplapper sondergleichen los. Ich habe aber wegen meiner protestantischen Konfession nichts zu leiden ... Es tut mir leid, daß ich Euch in diesem Jahr nicht bei der Hopfenernte helfen kann. Aber gönnt euch während des schweren Hopfengeschäftes etwas. Ich lege Euch 20,– Mark bei ...

Aufregend ging es allemal zu, wenn Herr Grathwohl an irgendeinem kostbaren Buch eine Vergoldung vornehmen musste. Er war dann unleidlich vor Aufregung und tyrannisierte die ganze Familie. Mutter Grathwohl, die gute Seele des Hauses, faltete die Hände und flüsterte: „Kinder, bettet (betet)! Dr Vatter vergoldet!"

Mutter Friederike aus Ostelsheim, die ihre Briefe aus Geldmangel auf armselige Zettel schreiben musste, war weiterhin treu besorgt, wie eine Mutter nur sein kann. Rührend sind ihre Anweisungen, die der männlich gewordene Sohn jedoch gewissenhaft beantwortet. Übrigens hatte sich der mütterliche Wunsch erfüllt: Der Achtzehnjährige war zu einem großen und kräftigen jungen Mann herangewachsen. Auf den Fotos zeigt er eine willensstarke und zugleich gütige Ausstrahlung. Noch hielt sich sein Bartwuchs in Grenzen, was später nicht mehr der Fall war. Vollbärte waren damals Mode und machten den Mann aus.

Einige Zeilen aus den Briefen der Mutter:

... Hast auch eine Bettflasch, Heinrich? ... Sieh zu, daß Du immer ein frisches Hemd auf Vorrat hast ... Wie steht's mit Deinen Socken? Sonntags mußt ein sauberes Sacktuch tragen, gelt? ... usw. usw.

Viele Ratschläge, deren Aufzählung sich erübrigt. Offensichtlich konnte die Mutter zu diesem Zeitpunkt mit dem raschen Erwachsenwerden ihres Sohnes nicht recht Schritt halten. Aber voll geduldigen Humors befolgt Heinrich die mit besorgten Anweisungen gespickten Briefe. Es ist, als spüre man in seinen Antworten einen Schimmer der göttlichen Liebe leuchten.

Durch all seine brieflichen Äußerungen den Eltern und Freunden gegenüber spürt man, dass eine starke innere Entwicklung in Gang gekommen ist. Heinrich überdachte sein Leben, seinen Stand, seine Zukunft. Wie wollte er nach der Meisterprüfung weitermachen? Er könnte sich eine Buchbinderei aufbauen, vielleicht eine Buchhandlung daran anschließen – denn früher wurde mehr gelesen – und mit der Zeit eine angesehene Stellung erreichen. Dabei würde er alle seine Gaben einbringen können: das Zeichnen, die Freude an Sprachen, am Singen und an der Musik, sein handwerkliches Können, sein Durchhaltevermögen und seinen Humor. Er würde es gewiss zu etwas bringen können und den Eltern einen sorgenlosen Lebensabend ermöglichen. Mit der Zeit könnte er sich ein angenehmes Leben leisten, einen Hausstand gründen und seinen Liebhabereien nachgehen.

Aber war da nicht noch etwas anderes? Immer wieder einmal hörte er in sich das Wort seines Ostelsheimer Lehrers, als dieser zu den Eltern gesagt hatte: „Euer Sohn sollte Missionar werden." Vielleicht war diese Bemerkung nicht für seine Ohren bestimmt gewesen, aber er hatte sie gehört. Er wurde innerlich unruhig. Es schien ihm, als ob dieses Wort ihn suchte. Es ließ ihn nicht mehr recht los. Während seiner Calwer Lehrzeit hatte er genügend Möglichkeiten gehabt, in Vorträgen und Schriften etwas über Missionsarbeit zu erfahren, im Schönen, Großen und im Schweren. War der Gedanke an die Mission eine fixe Idee von ihm oder doch eine Art Ruf, dem man gehorchen musste, auch wenn man vielleicht gar nicht wollte? Heinrich war kein schwärmerischer Geist. Auch fühlte er als einziger Sohn große Verantwortung für seine Eltern. Würden sie nicht geradezu erschrecken über die Vorstellung, ihn einst so weit von sich fort zu wissen? Dennoch: Er wusste, dass ein behagliches Leben ihm nicht genügen würde. Er wollte sich für größere Aufgaben einsetzen.

Wenn ich manchmal nach Hause kam, und wenn das Gespräch zufällig auf das Werk der Mission gelenkt wurde, konnte ich wahrnehmen, daß meine Eltern eine günstige Gesinnung für dasselbe hatten. Schon begann ich mich bisweilen heimlich zu entschließen. Doch kamen noch eine Menge Zweifel und Bedenken dazwischen, und ich hatte manchen harten inneren Kampf zu bestehen.

Diese kurze Bemerkung kann man gar nicht ernst genug nehmen, denn alles Unrealistische und Frömmelnde war Heinrichs Wesen fremd. Zudem erkannte er, dass die günstigen äußeren Bedingungen in Calw, das in jenen Jahren fast selbst eine Art Missionsstation war, ihn zu einer Laufbahn verleiten könnten, deren schwerwiegendes Ausmaß er noch nicht genügend erfasst hatte. Das berühmte Missionshaus in Basel war nicht allzu weit entfernt, es bildete geeignet erscheinende Anwärter kostenlos aus. Handwerklich geschulte junge Männer wurden bevorzugt, weil erfahrungsgemäß die Verbindung von praktischem und biblischem Wissen in den Missionsländern von Vorteil war.

Selbst wenn er die vorhandenen Missionsblätter gründlich studierte – bedachte er die Situation in den für ihn doch sehr fremden Ländern ausreichend? Lebten dabei nicht allzu viele Missionsstationen im Schatten der jeweiligen Kolonialherrschaft? Und wenn durch sie Unrecht geschah – würden dann nicht alle miteinander in einen Topf geworfen? Außerdem wusste man bis zum Schluss der Ausbildung nie, wohin man ausgesandt werden würde. Vielleicht würde er auf eine sehr entfernte Station geschickt. Wie, wenn ihn draußen eine tödliche

Krankheit ereilte? Erschütternd viele Missionare und ihre Frauen hatten ihren Dienst mit dem Tod bezahlen müssen. Durfte er seinen Eltern eine solch risikoreiche Zukunft ihres Sohnes zumuten? Vielleicht war ganz tief in ihm auch ein wenig jugendliche Abenteuerlust mit dabei und die Sehnsucht, der kleinbürgerlichen Enge seines nur auf sich selbst bedachten Lebens zu entfliehen und etwas ganz Neues zu wagen.

Mehr und mehr erkannte er, dass man einen solchen Beruf nicht ohne inneren Auftrag ausüben kann. War er glaubensstark und liebevoll genug, um den Menschen in noch unerschlossenen Erdteilen das Befreiende des Evangeliums für Leib und Seele nahe zu bringen? Er musste sich prüfen.

Wo könnte er sich zuverlässigen Rat und brauchbare Hilfe holen? Er erinnerte sich an seine Lehrzeit in Calw, wo ihn vor allem die Bibelabende von Missionar Johannes Hesse, dem Vater von Hermann Hesse, tief beeindruckt hatten. Ja, zu ihm wollte er gehen und ihm von seinen inneren Kämpfen berichten.

Johannes Hesse muss ein Mensch mit einer ungemein starken, von tiefer Gottessehnsucht erfüllten Ausstrahlung gewesen sein. Vielleicht war er ein Stück weit sogar ein Fremdling auf dieser Erde. „Er sieht aus, als ob er für eine bessere Welt geschaffen wäre", sagte seine spätere Frau Marie, Hermann Hesses Mutter, von ihm. Die freundschaftliche Beziehung zwischen Johannes Hesse und Heinrich Stahl blieb lebenslang bestehen.

Ich flehte zu Gott, er möge mich doch zu diesem ernsten und heiligen Beruf tüchtig machen. Bald nachher hatte ich betreffs meines Vorhabens eine Besprechung mit Herrn Dekan Braun und Herrn Missionar Johannes Hesse, welche mir sehr behilflich zu sein versprachen und mir mit ernsten, aber auch liebreichen Worten vor Augen führten, wie der Beruf eines Missionars ein schwerer, aber auch großer Beruf sei. Durch die Besprechung mit ihnen wurde ich innerlich erfreut und gestärkt. Meinen Entschluß behielt ich aber noch lange zwischen mir und Gott allein.

„Anfechtungen sind Umarmungen Gottes", sagt Luther. Heinrich hielt sie aus – und fand hindurch.

Erst im darauffolgenden Sommer brachte ich den Eltern in Ostelsheim vorsichtig meinen Entschluß bei – und stieß nicht auf den geringsten Widerstand.

Die nur begrenzt erfreulichen Verhältnisse bei Meister Grathwohl ließen Heinrichs Entschluss für eine Bewerbung um einen Studienplatz in Basel wohl rascher reifen, als er es sich vorher zugetraut hätte. Bald danach las er im Jahresbericht der Basler Mission, dass sich fünfzig junge Männer im Missionshaus angemeldet hätten. Aber wegen Raummangels könnten nur siebzehn aufgenommen werden, darunter acht Württemberger. Es war fast ausgeschlossen, dass er als einfacher Dorfschüler dazu gehören könne. Gewissenhaft ging er seiner täglichen Arbeit nach mit dem festen Vorsatz, die Dinge so anzunehmen, wie sie auf ihn zukommen würden.

Am 8. April 1894 erhielt er eine Nachricht vom Basler Missionshaus: „Ihre Meldung in unsere Missionsanstalt ist uns richtig zugekommen." Man bat um Gesundheits- und Leumundszeugnisse. Das sagte freilich noch gar nichts über seine Zukunft aus. Jetzt war Gelassenheit zu lernen. Wer kennt sie nicht, die spannungsreiche Zeit bis zur Antwort auf eine Bewerbung, die vielleicht mit einer großen Enttäuschung endet?

Schließlich meldete sich Heinrich nach Reutlingen zur weiteren Ausbildung in die Buchbinderei Mössinger. Dort fiel ihm das Warten leichter.

Ein Vierteljahr später schreibt er:

Reutlingen, den 13. Juli 1894

Liebe Eltern!

Vaters Karte erhalten, besten Dank ... Übrigens habe ich ein paar Stunden vor Empfang Eurer Karte noch ein anderes Schreiben erhalten: Das Komitee der Evangelischen Missionsgesellschaft in Basel teilt mir mit, daß ich unter denjenigen jungen Männern bin, welche in der Sitzung vom 11. Juli ausgewählt worden sind, dieses Jahr ins Missionshaus aufgenommen zu werden. Am 21. August hätte ich einzutreten. Ich wünsche mir nun, daß Ihr Euch mit mir freut und daß Ihr mir Euren Segen ertheilt ...

Und der Vater schreibt, durch ein beginnendes Augenleiden in seiner Schrift bereits behindert, aber dennoch gut lesbar auf die Rückseite des erhaltenen Briefes einige ergreifende Zeilen:

Heute, nach Erhalt von Heinrichs liebem Briefchen, sind es auf den Tag genau 19 Jahre, daß unser geliebtes erstgeborenes Söhnchen, ebenfalls mit dem Namen Heinrich getauft, an Diphtherie starb, sechs Jahre alt, nebst dessen beiden Schwesterchen im gleichen Monat. Nun, am nämlichen Tag, erhalten wir die vorstehende erfreuliche Mittheilung unseres lieben hoffnungsvollen neunzehnjährigen Sohnes mit dessen hochherziger Entschei-

dung. Ein inniges „Das walte Gott" besiegle Vorsatz und Ausführung.

Wir sehen die beiden abgearbeiteten Eltern vor uns, wie sic miteinander am Tisch in ihrer Stube sitzen und ehrfürchtig über dieses wunderbare Zusammentreffen der Ereignisse nachdenken. Das Heimweh um die lieben Kinder von einst wird überglänzt von der Freude, dass hier ein Weg beschritten wird, der offensichtlich von Gottes Führung begleitet ist. Freilich, dass die Sorgen nicht aufhören werden, ist den beiden alternden Eltern klar, aber ihr Wissen um das wahre Leben ist tiefer und ihr Vertrauen ist stärker als alles Bangen.

Wie ein Lauffeuer breitete sich die Nachricht von Heinrichs Aufnahme ins Basler Missionshaus in der weitverzweigten Stahl- und Schulerfamilie aus. Sie drang bis zu den Verwandten nach Amerika. Friederikes Schwester war mit ihrem Mann nach Brooklyn ausgewandert. Der gute Schwager Schöffler konnte nicht umhin, seinem Herzen in einem interessanten Brief an die Ostelsheimer Geschwister tüchtig Luft zu machen. Gewiss traf er damit die heimliche Meinung vieler Leute in Heinrichs Bekanntschaft.

Liebe Schwester, lieber Schwager in Ostelsheim!

Ich kann den Schritt, den Heinrich thut, durchaus nicht billigen. Ich weiß wohl, es handelt sich gar nicht darum, was ich billige oder nicht. Ich bin fest überzeugt, daß Ihr ein Stück von Eurem Herzen ausreißen mußtet, bevor Ihr zu dem Schritt, den Heinrich zu thun willens ist, Eure Einwilligung gabt. Aber ich weiß, was es heißt, in seiner Jugendeselei einen Schritt zu thun, der bestimmend ist für das ganze lange oder unter diesen Umstän-

den auch kurze Leben. Von Gefühlsduselei war ja ehemals keine Spur bei Euch zu finden. Ja, ein bißchen poetisch veranlagt warst Du ja schon immer, lieber Schwager, wie kaum einer, und dabei doch immer praktisch in allen Dingen. So warst Du damals. Und jetzt sollte diese in unserer deutschen Heimat Mode gewordene Borniertheit Dich auch angesteckt haben? Pionier zu sein, der unseren Großhandelshäusern die Absatzquellen für deren minderwertige Waren erschließt – dazu halte ich Heinrich für viel zu klug. Es ist nichts als Schwärmerei. Das alles wurde nur durch den Umgang mit Euren religionsüberspannten Kreisen hervorgerufen. Der Herrgott hätte sicher eine größere Freude daran, wenn Heinrich die Lebenstage seiner Eltern möglichst freundlich und sorgenlos gestalten würde, als wenn er einige Dutzend schwarze oder gelbe Menschenkinder zu höchst zweifelhaften Christen erzieht. Für seinen Bekehrungswillen gäbe es doch auch zuhause ein reiches Feld. Heinrich ist mir viel zu schade, um darüber schweigen zu können ...“

Mit Sicherheit stand und steht der Schwager Schöffler nicht allein mit seinem abschätzigen Urteil. Heinrich wird einiges zu hören bekommen haben. Solch ein schöner junger Mann, der wahrhaftig etwas Tüchtiges hätte werden können. Da kann man nur den Kopf schütteln. Aber gleichzeitig besaß er auch wunderbare Freunde, die ihn in seinem Entschluss bestärkten. Freilich war es ihm im Blick auf seine Ausbildung manchmal ängstlich zumute. Würde er den hohen Anforderungen in Basel auch wirklich gerecht werden können?

Heinrich wusste nicht, dass jenseits des Rheins im nahen Straßburg ein junger hochbegabter Pfarrer lebte, der mit ihm einst im gleichen Jahr 1875 geboren war. Er hieß Albert Schweitzer und beschritt in dieser Zeit innerlich denselben Weg, den Heinrich einzuschlagen im Begriff war.

Beide ahnten etwas von der Wahrheit der Aussage Jesu: Wer sein Leben für sich behalten will, dem wird's zerrinnen. Wer es aber hingibt, dem wird's bewahrt. Albert Schweitzer schrieb: „Keiner kann im Sinne Jesu handeln, ohne bei der Welt Anstoß zu erregen." Das ist bis heute so geblieben. Der Urwalddoktor von Lambarene steht stellvertretend für die vielen Unbekannten, die ihr Leben bewusst für andere einsetzten, in welcher Form auch immer. Solche Opfer sind ein Geheimnis und rühren an das Mysterium einer Führung, die oft ganz anders verläuft, als nüchterne Lebensplanung kalkuliert.

Die Eltern Stahl hatten durch ihren ernsten Lebensgang diese Möglichkeit des Erkennens empfangen. Sie erinnern uns dabei auch an den alten Vater Bodelschwingh, der durch den ihn zutiefst erschütternden Tod seiner vier Kinder innerlich bereit wurde, die hilfreiche Krankenheilanstalt Bethel aufzubauen. Und so ließen Heinrich und Friederike Stahl ihren einzigen Sohn bei allem Schmerz getrost und dankbar in seinen neuen Lebensabschnitt ziehen, auch wenn in Mutter Friederikes erstem Brief nach Basel das Abschiedsweh noch hindurchklingt:

... Wir vermissen Dich sehr. Als wir von Deiner Begleitung zum Basler Zug nach Hause zurückkamen, war es uns, als wenn uns alles genommen wäre ... An Weihnachten werden wir Dich sehr entbehren, aber wenn es Got-

tes Wille ist, wird die Freude umso größer sein, wenn Du uns einmal später besuchen darfst.

In Basel

*Dazu sind wir da, dass wir die Wahrheiten,
die wir erkannt haben, nicht für uns behalten.
Weitergeben können wir sie mit Erfolg dann,
wenn wir nach ihnen leben.*

Ewald von Kleist

Basel! Wie mag es dem Neuankömmling zumute gewesen sein, als er an einem milden Spätsommertag des Jahres 1894 in Großbasel aus dem Zug stieg? Übrigens war er nicht allein, im Lauf der Fahrt waren andere württembergische Neuankömmlinge zugestiegen. Schwaben und Schweizer mochten sich gerne. Die späteren großen Kriege hatten die Beziehungen noch nicht vergiftet.

Die geschichtsträchtige Stadt machte großen Eindruck auf die jungen Leute. Da war das berühmte gotische Münster, es gab Bibliotheken und Museen, großartige Kaufhäuser und schön gebaute Rheinbrücken. Der schweizerische Dialekt reizte den sprachbegabten Heinrich sofort zum Nachahmen. Gar nicht wenige seiner Briefstellen sind von da an mit Schwyzerdütsch gespickt.

Und dann standen sie alle miteinander vor dem großen gepflegten Basler Missionshaus mit seinem blühenden Garten und staunten. Natürlich hatte sich Heinrich im Calwer Missionsblatt zuvor gründlich über alle Einzelheiten informiert. Aber die Wirklichkeit war nun doch noch einmal anders und sehr aufregend.

Die Basler Missionsgesellschaft war 1815 gegründet worden und von ihrem Wesen her zunächst als eine Art geistlicher Bewegung gegen die Auswüchse der französischen Revolution entstanden. Diese waren den pietistischen Kreisen in der Schweiz und in Württemberg als Gefahr der Verweltlichung erschienen. Aus zaghaften Anfängen entwickelte sich rasch ein blühendes Werk. 1860 konnte ein neues Missionshaus gebaut werden, das 98 jungen Männern die Möglichkeit einer nahezu kostenlosen und guten Ausbildung für das weite Missionsfeld bot.

Fünf Tage nach seiner Ankunft schildert Heinrich den Eltern sein neues Leben in diesem Haus.

Basel, 2. Sept. 1894

...

Um halb sechs Uhr morgens wird aufgestanden. Je zwei Klassen haben einen Schlafsaal. Dann begibt man sich ins Erdgeschoß. Dort sind ebenso viele Waschbecken wie Zöglinge. Daneben ist der Baderaum. Ein zum Reinigen und Wichsen der Schuhe bestimmter Raum stößt daran an. Bis sieben Uhr hat man dann Zeit zum Lesen, Schreiben oder Lernen. Dann ruft das Glöckchen zur Morgenandacht, die etwa eine Viertelstunde dauert. Anschließend gehen wir zum Frühstück, je zwei Klassen haben einen Speisesaal. Nachher macht jeder geschwind sein Bett, und um acht Uhr beginnen die Lektionen. In unserer untersten Klasse (Klasse sechs) haben wir folgende Unterrichtsfächer: Latein, Bibelkunde, Katechismus, Deutsch, Geometrie, Arithmetik, Naturgeschichte, Schreiben, Singen, Klavierspiel. Turnen ist jeden Tag eine halbe Stunde. Von

12 bis 14 Uhr ist jeden Tag frei, da kann man in die Stadt oder in den Garten gehen. Sonntags ist ganz frei, und man darf bis sieben Uhr abends fortbleiben. Die Kost hier ist so vorzüglich, wie ich sie nie erwartet hätte. Nachmittags sitzen wir fest an unserem Pult und lernen. Unsere Lehrer sind sehr gut und freundlich gegen uns, sowie auch die Schüler der älteren Semester. Alle sagen Du zueinander, anfangs kommt es einem bei den Älteren mit ihren Vollbärten ungewohnt vor. Man gewöhnt sich aber schnell aneinander. Überhaupt ist das Zusammenleben hier famos.

Um acht Uhr abends ist Nachtessen. Nachher gehen wir gewöhnlich zu zweien in den langen, mit Reben überwölbten Wegen des Gartens spazieren.

Von Zeit zu Zeit ist ein „Arbeitstag". Mehrere Klassen werden im Garten oder auf dem Acker beschäftigt, soweit sie sonst keinen Beruf haben. Ich z.B. befinde mich meist in unserer Buchbinderwerkstatt (Schlosser-, Tischler-, Schneider-, Schuhmacherwerkstätten sind auch da). Normalerweise hat jeder wöchentlich drei Stunden in seinem Handwerk zu arbeiten. Ich habe letzte Woche mehr Arbeitsstunden gehabt, da es für unsere Klasse vieles einzubinden gab. Wir sind gut eingerichtet in unserer Buchbinderei, wir haben sogar zwei schöne Maschinen. Jeden Abend ist, wie morgens, eine kurze Andacht, samstags eine Missionsstunde.

Alle drei Wochen findet ein Spaziergang oder ein Ausflug statt. Das erstemal waren wir in Arlesheim. Unterwegs treiben wir auf solchen Wegen zum Vergnügen etwas Botanik. In nächster Zeit wird ein Herbsttag gefeiert. Heute, am Sonntag, sind wir auf die Chrischona gegangen. Manchmal machen wir auch einen Spaziergang nach Deutschland.

Dazwischen gab es gesundheitliche Probleme. Zahnweh ist etwas Wunderschönes: Man vergisst alle anderen Sorgen. Heinrich schreibt nach Ostelsheim:

... Vorige Woche wurde es einem meiner Zähne ganz unheimlich. Ich mußte zum Zahnarzt. Bruder Fries hatte dasselbe Bedürfnis. Wir hatten das Vergnügen, mehrere Stunden warten zu müssen. Das Zahnweh war natürlich vergangen, als ich drankam. Gekostet hat es weiter nichts (als den Zahn), da wir Missionszöglinge sind.

Ich befinde mich also außerordentlich wohl hier, komme auch im Lernen gut mit, denn ich habe viel Freude dabei. Sooft ich daran denke, daß ich jetzt im Missionshaus bin, freue ich mich darüber ...

Das Studium im Missionshaus ist anstrengend, schreibt Johannes Hesse. *Die künftigen Missionare sollen die Eingeborenen in ihrer religiösen Eigenart verstehen lernen, unbekannte Sprachen erforschen, manchmal auch den Handwerker, den Kaufmann, den Arzt, den Schulmeister – oder alles zugleich – machen.*

Heinrich Stahl ging gern in diese stramme Schule, in der außerdem viel Körperertüchtigung betrieben wurde, denn auf eine gute Gesundheit legte das Missionshaus großen Wert, weil die Strapazen in den für Europäer ungewohnten Klimazonen mit fremden Krankheiten an die körperliche Durchhaltekraft große Anforderungen stellten.

Je unvoreingenommener man sich mit dem damaligen Missionshaus befasst, desto mehr ist man von seiner Leistung beeindruckt. Welches Verantwortungsbewusstsein steht doch hinter manchen für heutige Begriffe unvorstellbaren „Härten"! Der Spruch des alten Inspektors Josenhans: „Du erkennst den Willen Gottes am Willen des Komitees" mag überspitzt formuliert gewesen sein und wirkt etwas jesuitisch, aber je tiefer man in die Aufgaben und Probleme der Mission eindringt, desto verständlicher wird einem auch die vieldiskutierte Frage um die Heiratsordnung der Basler Mission. Sie war bis ins Kleinste geregelt, angefangen von der Heiratserlaubnis, die selbst jahrelang bewährte Missionare von Übersee beim Leitungsgremium einholen mussten, bis zur Suche und Überprüfung der passenden Braut. Wenn man aber die Zahl der Todesfälle, nicht zuletzt bei den Frauen, einmal in sich aufnimmt, begreift man, dass bloßes, vielleicht sehr zufälliges Verliebtsein bei einer solch ungewissen und bedrohten Zukunft nicht ausreicht.

Nun, über solche Probleme brauchte sich Heinrich noch keine Gedanken zu machen. Er hatte Freude am Lernen und auch an seinen Lehrern, die es offensichtlich verstanden haben, ihr Wissen so leicht fasslich wie möglich zu übermitteln.

Nach jedem Semesterabschluss fanden kleine Examina statt. Begreiflicherweise bangte Heinrich vor seiner ersten theoretischen Prüfung im Leben. So bald wie möglich schrieb er nach Hause:

Das Gesamtergebnis unserer Klasse hat anscheinend unsere Lehrer befriedigt. Gut, dass kein einziger erfährt, welches Zeugnis er bekommen hat. – Um halb elf ging ich zu Bett, als uns plötzlich die Hausglocke aus dem Schlaf weckte. Bewunderungswürdig schnell schlüpfte ich in Hosen und Socken, aber bei den Stiefeln musste ich zehnmal ziehen. Wo brennt's? Im Gang roch man schon das Feuer. Schnell rannte jeder an seinen Posten, wir hatten kurz nach unserem Eintritt schon Feueralarm geübt. Merkwürdigerweise konnte sich kein Feuer finden. Unser Hausvater war schlau genug gewesen, durch Verbrennen von ein paar unschuldigen Papierfetzen einen richtigen Brandgeruch herzustellen. Das ganze war nur eine Probe gewesen ...

Gestern abend feierten wir unser Weihnachtsfest. Die Neulinge bleiben alle hier. Wir bekamen einen Reisesack, der uns gute Dienste tun wird. Es soll jeder von uns 14 Stunden während der Vakanztage arbeiten. Bei mir werden es mehr sein, da ich eine Anzahl Bücher, welche von der Goldküste kamen, zu binden habe ...

In den ersten Semestern schreibt Heinrich immer nur von kleinen fröhlichen Erlebnissen aus dem Missionshaus, von Ausflügen mit Freunden oder von Besichtigungen innerhalb der Schweiz.

Im darauf folgenden Sommer ergaben sich endlich längere Ferien, und einiges, was sich dabei ereignete, ist wohl des Erzählens wert.

Pauline

Liebe ist das Urgeschenk.
Alles, was uns sonst noch unverdient gegeben werden mag,
wird erst durch sie zum Geschenk.

Thomas von Aquin

Die Eltern waren glücklich, den Sohn wieder bei sich zu haben. Mit seiner frischen einundzwanzigjährigen Jugend griff er alle Arbeit an, die ihnen wie ein unüberwindlicher Berg erschienen war. Während der Zeit seiner Abwesenheit hatte ein Vetter, der liebenswerte Gottlieb Eisenmann, der gerade die Dorfschule in Ostelsheim betreute, den Eltern beigestanden. Aber da dieser nun eine Versetzung und Anstellung in der Welzheimer Gegend erhalten hatte, war Heinrich doppelt froh, für eine kleine Weile daheim sein und „aufschaffen" zu können. Die Überlastung der alten Eltern bedrückte ihn oft. Die Bauern erhielten damals noch keine Rente.
Wenn Heinrich zu Hause entbehrlich war, besuchte er Freunde, schaute bei seinem alten Meister Dierlamm durch die Tür oder sah nach der zahlreichen Verwandtschaft in der Umgebung. An einem regenreichen Tag machte er sich zu einem längst fälligen Besuch bei seiner entfernten Tante Gwinner auf. Sie hatte immer lebhaften Anteil an seinem Ergehen genommen und wusste stets passende Bibelsprüche mit auf den Weg zu geben.

Als er im dämmrigen Treppenhaus zur Tante emporstieg, kam ihm von oben ein junges, etwa sechzehnjähriges Mädchen entgegen. Auf gleicher Höhe mit ihm blieb sie stehen und sah aus munteren braunen Augen zu ihm empor. „Wollen Sie auch zur Tante Gwinner?“, fragte sie. „Sie sind sicher der Heinrich Stahl aus Ostelsheim, der zur Zeit in die Basler Missionsschule geht.“

Einen Augenblick lang verschlug es dem jungen Mann die Sprache. Der Zauber eines blühenden jungen Mädchens, in welchem sich das Leben in seiner anmutigsten Fülle unendlich verheißungsvoll spiegelte, traf ihn wie ein Blitz aus heiterem Himmel. Innerhalb seiner fast ausschließlich männlich geprägten Umwelt hatte er so etwas noch nie erlebt.

„Ich gehöre dem Schlossermeister Erhardt aus der Ledergasse“, fuhr das Mädchen unbekümmert fort. „Die Tante Gwinner ist die Schwester meines früh verstorbenen Mütterleins, an das ich mich nicht mehr erinnere. Ich war erst zwei Jahre alt, als sie starb. Man nennt mich das Bäsle. Ich heiße Pauline.“

Heinrich, an Disziplin gewöhnt, war inzwischen wieder im Stande, sich aus seiner Verzauberung zu lösen und seine Füße sicher auf dem Erdboden zu behalten.

„Richtig, das Bäsle.“ Schüchtern streckte er ihr seine Hand entgegen, die sie unbefangen ergriff. „Ja, ich bin der Heinrich. Wir sind um ein paar Ecken herum miteinander verwandt, nicht wahr? Dann sagen wir doch auch Du zueinander, Pauline.“

Das Mädchen nickte mit reizend schelmischen Augen. „Freilich sagen wir Du! Als Kinder sind wir einander auf Familienfesten schon manchmal begegnet!“

„Mag sein.“ Es sollte ganz gleichgültig wirken. „Aber da sind bei dieser weitläufigen Verwandtschaft immer so viele Leute!“ Danach wussten sie beide nichts Vernünftiges mehr zu sagen.

„Nun also – nochmals Grüße an die Tante!“

Das Mädchen Pauline, meist Päule genannt, lächelte ihm zu und sprang dann leichtfüßig die Treppe vollends hinab. Heinrich stieg langsam empor und wusste auf einmal unumstößlich, dass er dieses Lächeln nie mehr vergessen werde.

Der aufmerksame Leser beginnt bereits etwas zu ahnen. Aber nein, man soll gar nichts ahnen. Wir wissen ja jetzt alles über die Heiratspraxis der Basler Mission. Und ans Heiraten dachte Heinrich gewiss nicht. Doch Amor hatte seinen Pfeil abgeschossen. Man hätte also den Pfeil wieder herausziehen sollen. Ja, wenn das so einfach wäre. Solch ein Pfeil hat Widerhaken. Der Verstand erkennt alles, aber das Herz weiß mehr und versteht nichts.

Ein merkwürdiger Umstand kam dem erstmals in seinem Leben von seinen Gefühlen überfluteten jungen Menschen zu Hilfe. Im nächsten Semester erfuhr Heinrich, dass der Lehrer Gottlieb Eisenmann sich mit der Tochter des Schlossermeisters Erhardt verlobt habe. Aus einigen seiner verhaltenen Briefstellen erkennt man unschwer, dass diese Nachricht eine Art Schock für ihn gewesen sein muss. Ach ja, auf einen angehenden Missionar zu warten, hatte für ein vernünftiges Mädchen wirklich keinen Sinn. Außerdem hätte sie vielleicht gar kein Interesse an ihm gehabt. Im Grunde schien sie ihm noch zu jung zum Heiraten. Was wollte er denn? Der Lehrer Gottlieb Eisenmann war ein prächtiger Mann. Ihn traf keine Schuld, dass er ihm das Päule weggeschnappt hatte. O Heinrich, in welche Traumgespinste hast du dich da hineinverirrt!

Er hatte alle Mühe, das beglückende helle Bild der jungen Pauline, das sich längst in sein Herz eingebrannt hatte, wieder auszulöschen. Diese Sehnsucht war so anders als alles, was er bisher erlebt hatte. Sie war ein hilfreicher Ausgleich zu seiner vielen Lernerei. Auch kannte er aus seinen Büchern genug Liebesgeschichten und seine eigene war wirklich nicht die originellste. Aber es war ein großer Unterschied, ob man solche Berichte mit kühlem Kopf nur durch Lesen in sich aufnahm oder ob man sie erlebte. Ja, so war das. Die Tür zu einem kleinen Paradies war hörbar zugeschnappt.

In „Hempels wohlfeilen Classiker-Ausgaben“ hatte er beim Buchbinden für seinen Vater ein kleines Gedicht von G.A. Bürger auswendig gelernt, weil es so kurz gewesen war. Damals hatte er darüber gelacht:

Amors Pfeil hat Widerspitzen.
Wen er traf, der lass ihn sitzen
und erduld den Schmerz!
Wer geprüften Rat verachtet
und ihn auszureißen trachtet,
der zerfleischt sein ganzes Herz.

Das Elend dauerte so lange – und bekanntlich dehnt sich der Begriff „Zeit“ in solch einem Fall unerträglich –, bis Heinrich erfuhr, dass Gottliebs Verlobte nicht Pauline, sondern deren geliebte ältere Schwester Luise war. Die beiden jungen Leute gründeten auch bald einen Hausstand, freuten sich über Heinrichs spürbar von Herzen kommende Glückwünsche und luden ihn zu baldmöglichstem Besuch ein. O ja, er würde die Einladung wahrnehmen, denn vermutlich würde sich dabei eine Gelegenheit ergeben, etwas über Pauline zu erfahren. Ob sie vielleicht auch ...

Ach, es mag eine schrecklich altmodische Geschichte sein, aber wie sehr sehnen wir modernen Menschen uns dennoch heimlich nach diesen verborgenen romantischen Vorspielen des Lebens.

Militärdienst

Eine Gesellschaft kann sich nicht aller Härten in ihrem Erziehungssystem entäußern, ohne selbst weich zu werden.

Angus Mande

Die Hausmutter in Basel, Fräulein Glitsch, betrat den Lehrsaal, wo die Missionszöglinge eifrig lernend an ihren Pulten saßen. „Heinrich Stahl soll zum Inspektor Oehler aufs Sekretariat kommen!"

Erschrocken kramte der Angeredete in seinem Kopf alle etwaigen Sünden zusammen, aber keine schien ihm der persönlichen Auseinandersetzung mit dem Inspektor würdig genug.

Es handelte sich auch um etwas ganz anderes: Der Inspektor legte ihm seine Einberufung zum Militärdienst in Deutschland vor. Das bedeutete zwar eine empfindliche Unterbrechung des Studiums, war aber im damaligen Kaiserreich unumgängliche Pflicht.

Der Zweiundzwanzigjährige wurde auf den 1. Oktober 1897 zum Grenadierregiment Nr. 119 der Königin Olga nach Stuttgart einberufen. Die Olga-Grenadiere waren besonders stolz auf ihr Regiment und auf ihre schmucke Uniform. Die schöne begabte Königin Olga, nach der das Regiment benannt war, lebte allerdings seit einigen Jahren nicht mehr. „Furchtlos und treu" stand auf dem Koppelschloss, wie bei allen württembergischen Truppen. Es scheint nach dem siegreichen Siebziger Krieg in den schwäbischen Kasernen recht preußisch zugegangen zu sein. Die Schwaben allein hätten einander sicher nicht so gedrillt. Es wäre vermutlich eher so gewesen, wie es eine Anekdote aus der Milizarmee der Schweiz schildert: „Hauptmann, gib mir Füer!“, sagte der rauchende Gefreite zu seinem Vorgesetzten. Der Hauptmann: „Des dürftescht bei de Prüße net sage!“ – „Bei de Prüße wärscht du au net Hauptmann!“, erwiderte der Schweizer.

Das sofort einsetzende Herbstmanöver, oft bei kaltem Wetter mit unangenehmen Übernachtungen im Freien, mag dem jungen Mann tüchtig zugesetzt haben. Man hatte, auch bei strengem Frost, nachts auf Posten zu stehen. Gar manchmal hat Heinrich an seinen Vater und an dessen unfreiwilligen Aufenthalt auf dem Asperg gedacht. Ohne diese Erinnerung hätte auch ihm etwas Ähnliches widerfahren können, lesenderweise erwischt zu werden, aber er war brav. Harte Schieß- und Exerzierübungen waren angesetzt, die seinem Wesen fremd waren. Hier einige Stellen aus seinen Briefen:

... Der Dienst ist streng, aber auszuhalten ... Die monatliche Löhnung beträgt 10,50 Mark, die tägliche Brotration 750 g ... Die freie Zeit ist knapp bemessen. Mein Lesehunger kann nicht gestillt werden ... Es wird dafür gesorgt, daß es mir im Soldatenstand nicht zu wohl wird ...

Ein Lichtblick waren in freien Stunden die Besuche bei einfühlsamen Verwandten in Stuttgart.

Ach, das wunderbare Schlafen im weichen Bett! Und das Klavierspiel! Und das Singen im vertrauten Kreis!

Im darauf folgenden Jahr hatte Heinrich als Abschluss seiner Militärdienstzeit noch am Herbstmanöver auf dem Truppenübungsplatz Münsingen teilzunehmen. Er berichtet seinen Eltern davon:

Um halb drei Uhr nachts ging's los. Wir fuhren von Stuttgart nach Urach. Dann kamen wir nach etwa drei Stunden Fußmarsch mit vollem Tornister hierher. Bei gutem Wetter ist's hier überhaupt schön auf der Münsinger Alb. Freilich geht's in den Baracken eng her ...

Ein anderes Erlebnis, das in diese Zeit fiel, hat Heinrich sorgfältig verschwiegen. Es taucht erst sehr viel später immer wieder in Briefen auf, sogar mit dem genauen Datum (dem 28. August 1898). Damals hatte er sich über ein freies Wochenende einen Besuch bei seinem Vetter Gottlieb Eisenmann in der Welzheimer Gegend erlaubt. Die junge Frau Luise nahm ihn herzlich auf. Die beiden Eheleute hatten inzwischen ein Bübchen bekommen. Heinrich hatte große Freude an dem drolligen Kerlchen.

... Das kleine Erhardle blickte immer wieder kurios auf meine Uniform mit den blitzenden Knöpfen, aus denen ihn sein Vollmondköpfchen anblickte ...

Es hat den Heinrich aber außerdem noch jemand angeblickt: Das Päule, das Heinrichs Leben anscheinend sehr aufmerksam verfolgte – es gingen auch kleine Briefgrüße hin und her –, hatte einen längeren Besuch bei ihrer Schwester Luise eingelegt. Der Schelm Amor hatte also wahrhaftig zwei Pfeile geschossen, Pfeile mit Widerhaken, die nicht mehr herauszuziehen waren.

Den beiden jungen Leuten, die im Grunde noch so wenig voneinander wussten, gelang sogar ein Nachtspaziergang zu zweien, was damals, in der Zeit der „Anstandswauwaus“ ein Glücksfall war. Diese Stunden unter dem weiten Sternenhimmel dürfen bereits als eine Art stiller Verlobung gelten, welche die beiden natürlich streng geheim hielten. Nicht einmal die Schwester Luise durfte davon wissen.

Weißt Du noch – unseren Nachtspaziergang bei Rudersberg, Päule? Damals habe ich mir zum ersten Mal ein schüchternes Küßle von Dir geholt ...

Nein, niemand darf etwas ahnen und der Leser muss es auch schnell wieder vergessen.

Der Weg geht weiter

Was wir lediglich in unserer Seele zu wirken vermeinen, wirken wir in Wahrheit am Schicksal der Welt.

Martin Buber

Männlicher und reifer geworden, kehrte der 23-Jährige im Herbst 1898 wieder ins Missionshaus zurück, begeistert empfangen von seinen Freunden. Das Lernen setzte verstärkt ein. „*Zu Latein und Hebräisch kommt nun auch noch Griechisch hinzu.*"

Ob wir das alles in unseren Missionsstationen draußen wirklich brauchen und verwerten können?, fragten sich die Studenten heimlich. Keiner von ihnen ahnte, wie sehr die Zeitereignisse die meisten von ihnen einmal umherwerfen würden und wie nützlich es war, eine breite Ausbildung zu besitzen. Davon spricht Albert Schweitzer einmal und erklärt, dass nur ein gut ausgebildeter Missionar mit vielen geistigen Interessen im Stande sei, „*freiwillig auf verlorenem Posten das schwere Leben unter dem gefährlichen Klima und alles, was mit dem Fernsein von Heimat und Zivilisation gegeben ist, auf sich zu nehmen*". Und er fährt fort: „*Für die Arbeit der Missionare empfinde ich aufrichtige Hochachtung. Sie haben unter den Eingeborenen menschliche und christliche Qualitäten herangebildet, die auch entschiedene Missionsgegner von dem, was Jesu Lehre vermag, überzeugen würden.*"

Und die Eltern in Ostelsheim? Sie berichteten dem

Sohn von allem, was im Dorf und in Calw vor sich ging. Sie erzählten von Trauerfällen, von Überschwemmungen der Nagold, von Krankheiten in der Verwandtschaft, von schön gefeierten Geburtstagen und von besonderen Arbeiten. Der Vater konnte nun wegen seines Augenleidens kaum mehr schreiben. So nimmt die Mutter das Briefschreiben in die Hand. Man spürt, dass sie ihrem Heinrich das Leben nicht schwer machen will. Sie klagt nirgends. Aber einer Bekannten gibt sie deutlichere Auskunft:

... Was uns betrifft, kann ich nichts Gutes berichten. Bei meinem Mann, der schon von Natur aus schwache Augen hatte, wurde es immer schlimmer, sodaß er nicht mehr viel arbeiten kann. Voriges Jahr war er beim Augenarzt Dr. Crailsheimer in Stuttgart. Dieser schlug eine Operation vor. Er mußte aber mit Verpflegung 300 Mark anfordern. Auch sei es nicht gewiß, ob die Operation gelingen würde. Wir konnten es uns nicht leisten ...

Während seiner Militärzeit hatte Heinrich die Eltern hin und wieder besuchen können. Es war freilich alles recht umständlich gewesen, denn Autos gab es noch nicht. Aber die Mutter lebte von diesen kurzen Besuchen. Inzwischen war er längst wieder im Missionshaus, und die Mutter musste die Freude aufs weihnachtliche Heimkommen begraben, denn Heinrich schreibt:

... Der Grund, warum ich an Weihnachten nicht heimkomme, ist vor allem der, daß ich niemand Anlaß geben mag, zu denken: die Basler Missionszöglinge verreisen zu viel Geld ... Von den guten Verwandten in Stuttgart habe ich durch einen Brief von Pauline Erhardt gehört. Ich werde ihnen zum Fest schreiben, denn

sie haben mir während meines strengen Soldatenjahres viel geholfen und mir viel Liebe und Freundlichkeit erwiesen ... Die Militärzeit ist ein Kraftmesser gewesen, an dem man sehen konnte, wieviel man eigentlich ertragen kann. Unheimliche Nächte in Wald und Feld! Bald geht es nun über die Schwelle des neuen Jahres. Da sind die Postbeamten geplagte Leute. Deshalb keine extra Gratulationskarte mehr an Euch ...

Nun brach das letzte Jahr vor der Jahrhundertwende an. Getrost und fröhlich schaute Heinrich in die Zukunft. Und die Eltern in Ostelsheim waren bei aller Armut, Gebrechlichkeit und Einschränkung zu Recht stolz auf ihren liebenswürdigen und bis zu diesem Zeitpunkt erfolgreichen Sohn.

Liebe ist erfinderisch

Nicht das, was er durch seine Arbeit verdient,
ist der eigentliche Lohn des Menschen,
sondern das, was er durch seine Arbeit wird.

John Ruskin

Der Schlossermeister Erhardt in der Ledergasse war im Städtchen Calw ein angesehener Mann. Seine Briefe tragen die kräftigen, klaren Schriftzüge eines begabten Handwerkers. Die Familie war alteingesessen; die Eltern Erhardt waren einst im berühmten Palais Vischer angestellt gewesen und hatten dort das Kutscherhäusle bewohnt.

In der Schlosserwerkstatt zu ebener Erde ging es immer recht lebhaft zu. Stets waren etliche Lehrlinge und Gesellen am großen Mittagstisch, ein umfangreicher Haushalt. Da war es besonders tragisch gewesen, dass der Schlossermeister seine Frau früh verloren hatte. Vier kleine Kinder waren mutterlos geworden. Der Älteste war Carl, inzwischen Theologe, von dem der Vater einmal schrieb: „Man sollte keine Herrenbüble aufziehen!“, hatte er doch seinen einzigen Sohn bereits als seinen Nachfolger gesehen. Dann gab es noch die drei Mädchen: das Mariele, die nach Amerika ausgewandert war, die Luise, die den Lehrer Gottlieb Eisenmann geheiratet hatte, und das Päule, von dem wir mehr wissen als die ganze Familie damals.

Das Päule war erst zwei Jahre alt gewesen, als die Mutter starb, und so hatte sich der Schlossermeister nochmals nach einer Frau umzusehen. Aus der zweiten Ehe stammten zwei Kinder: zum Ersten die Anna, ein besonders schönes Mädchen, auf das die Mutter sehr stolz war. Als Nachkömmling erschien nach mehreren Jahren noch der kleine Emil. Schon als Kind war er in der Werkstatt zu sehen. Mit aufgeweckten Sinnen verfolgte er hilfreich alle Arbeitsvorgänge. Würde er einmal des Vaters Nachfolger werden können?

Das Päule war nicht so lieblich wie ihre jüngere Halbschwester Anna, auch wenn es jemand gab, der sie für das schönste Geschöpf der Erde hielt. In jenen Jahren wurde sie gebraucht, weil die Mutter etwas leidend war und unterstützt werden musste. Auch der Emil hatte den Blick der großen Schwester Päule auf Hals und Ohren voll Bubenschmutz nötig. Es tat ihr wohl, dass er ein herzensguter und dabei sehr kluger Junge war.

Wer war wohl der Erste, der auf den Gedanken kam, dass das Päule auch einmal etwas lernen solle und seine Füße unter einen fremden Tisch stecken müsse? Vermutlich war es die Schwester Luise, die den Vater bald auf ihrer Seite hatte. Gewiss, die Mutter sei nicht immer wohl, aber die Anna könne inzwischen doch auch schon recht geschickt zupacken. Und der Emil sei längst aus dem Gröbsten heraus. Das Päule habe ein Recht darauf, einmal aus Calw herauszukommen, aber wohin?

Gedanken sind Kräfte. Es besteht ja kein Zweifel daran, dass Pauline die ganze Kraft ihrer Gedanken nach Basel geschickt hat, zumal auf beiden Seiten mit Briefgrüßen sehr zurückhaltend umgegangen werden musste. Und so war es denn eines Tages beschlossene Sache, dass

Päule wie einige ihrer Schulfreundinnen nach Basel gehen solle, um in einem vornehmen Haus die feinere Haushaltführung zu erlernen. Das junge Mädchen hatte alle Mühe, ihre Vorfreude zu verbergen. Wenn aus irgendeinem Grund nebenbei die Sprache auf Heinrich Stahl kam, verließ sie unauffällig die Stube, damit man nicht merken solle, wie sie heimlich errötete (damals wurde man nämlich noch rot). Dass sie das Missionshaus nie betreten dürfe, war ihr inzwischen klar. Aber da würden sich Mittel und Wege finden lassen, um einander immer wieder einmal zu sehen oder gar zu treffen. Ja, Basel war wunderbar. Päule war glücklich.

Dennoch betrat die Neunzehnjährige im Winter 1899 nicht ohne Herzklopfen das Haus der Familie Suter-Christ in der Rheinfelderstraße 12 in Basel. Die hell erleuchtete Küche, in die man zu ebener Erde durch die Fenster von außen hineinschauen konnte, würde also in Zukunft ihre hauptsächliche Wirkungsstätte sein. Ob sie alles zur Zufriedenheit der Hausherrin fertig bringen würde?

„Ich verlasse mich darauf, dass du nur mit deinen Freundinnen ausgehst", erklärte Frau Suter-Christ am Abend, nachdem sie dem Neuling die nötigsten Anweisungen gegeben hatte. In ihrem Verantwortungsbewusstsein für die deutschen Mädchen wachte sie sorgfältig darüber, dass keine „Beziehungen" mit jungen Männern entstanden. O ja, Päule merkte bald, dass sie bei Frau Suter in einem guten Hause war. Heinrich würde nur zu ihr gelangen können, wenn Frau Suter und ihr Mann verreist waren, was selten genug geschah. Außerdem durften die Freundinnen keinesfalls etwas merken. Aber Liebe ist erfinderisch. Heinrich machte immer wieder einmal zusammen mit seinem Freund Poth einen Spaziergang am Suterschen Haus vorbei, erblickte durch das Küchenfenster ein junges Mädchen, das ebenfalls schnell heimlich herausschaute, und war für den Rest des Tages glücklich. Ab und zu pfiff er auch übermütig und ahmte einen Amselruf nach. Der wurde hinter dem Suterschen Küchentisch sofort gehört und erkannt. Mit der Briefpost ging es nicht immer ohne Probleme ab, sie liefen sowohl durch die Hände des Inspektors oder der Lehrer, wie auch durch die Hände von Herrn oder Frau Suter. Aber da gab es zum Glück noch die wundervolle Köchin Lene, die in Liebesdingen verschwiegen half. Lene hatte zudem immer wieder einmal eine weibliche Bekannte in der Küche des Missionshauses. Sonntags, wenn ein Kirchgang möglich war, traf man sich beim Gottesdienst in der Waisenhofkirche. „Ich werde ganz gleichgültig zu Dir hinüberblicken", schrieb Heinrich einmal an sein Päule.

„Am 1. April bekam ich meinen ersten Lohn", berichtete Pauline stolz nach Hause. *„Es waren 65 Franken. Zugleich sagte Frau Suter, dass sie sehr zufrieden mit mir sei. Da war ich froh, denn ich hatte anfangs große Angst vor dem Servieren bei den Gästen ...*

Die Rechnung

Das Entscheidende in jedem Menschenleben ist der Mut.

Fritz Künkel

Die Wende zum 20. Jahrhundert brachte auch in den ländlichen Gegenden des Schwarzwaldes technische Neuerungen. Endlich gab es Wasserleitungen in den Häusern. Erste Telefone wurden angeschlossen, Elektrizität kam in die Wohnungen, und die Mutter Friederike Stahl in Ostelsheim kann sich in ihren Briefen nicht genug wundern, wie die Überlandleitungen ihre friedliche Gegend verändern. Post und Eisenbahn scheinen damals pünktlicher funktioniert zu haben als heute. Die Post kam zweimal am Tag, auch sonntags. Es wurde – ganz ohne technische Hilfsmittel – alles von Hand geschrieben.

Auch das Päule berichtete pünktlich von ihren Erlebnissen und den Erfolgen beim Kochen nach Hause. Aber je länger ihre Ausbildungszeit voranschritt, desto unaufrichtiger erschien es ihr, dem Vater von allem Möglichen zu erzählen, ihm aber das für sie im Augenblick Wichtigste zu verschweigen: ihre Beziehung zu Heinrich Stahl. Beide waren nun schon anderthalb Jahre im Stillen verlobt und kein Mensch außer der Lene in der Suterschen Küche wusste davon. Was würde geschehen, wenn Päule eines Tages wegen der leidenden Mutter plötzlich nach Hause müsste? Das Verheimlichen war unrecht gegen den Vater. Schließlich war sie noch nicht einmal volljährig (das war man damals erst mit 21 Jahren). Wie viel Mühe hatte er sich gegeben, seiner Jüngsten die früh verstorbene eigene Mutter zu ersetzen, wie fürsorglich war er trotz aller schweren Arbeit in der Werkstatt immer gewesen! Dass der Auserwählte ausgerechnet ein Missionar sein musste, das würde ihm wohl zu schaffen machen. Vielleicht würde er zunächst alles als jugendliche Schwärmerei abtun. Aber ohne seinen Segen leben, das ging einfach nicht.

Es war nicht verwunderlich, dass Pauline sich lange überlegen musste, wie sie dem Vater ihren Entschluss beibringen sollte. Der Weg, den die jugendliche Tochter schließlich durch tausend Windungen hindurch fand, lässt an Originalität nichts zu wünschen übrig.

Zunächst freilich ordnete sie – noch ganz ohne Hintergedanken – die zahlreichen Kochrezepte, die sie im Hause Suter gesammelt hatte. Dabei kam ihr der Gedanke, dass sie ein selbstgeschriebenes Kochbuch haben müsste und dass Heinrich ihr gewiss ein wunderschönes Buch binden werde. Bald war sie ganz erfüllt von diesem Gedanken, denn damit hatte sie einen höchst willkommenen Grund, ihm zu schreiben und seine Antwort zu erwarten.

„Natürlich will ich das Einbinden ordentlich bezahlen, lieber Heinrich. Bitte lege mir die Rechnung bei."

Das schön gebundene Kochbuch ließ einige Zeit auf sich warten, bis es endlich kam, denn Heinrich hatte vielerlei Verpflichtungen zu erfüllen. Aber dann lag es eines Tages vor ihr und sie drückte es an sich. Unter der Deckelklappe steckte ein Brief, vermutlich rechnete Heinrich darin seine Auslagen mit ihr ab. Schließlich verdiente sie ja jetzt recht gut, er aber hatte nicht viel Geld auf der Hand.

Sie öffnete den Brief und begann mit vor Freude klopfendem Herzen zu lesen:

Geliebtes Paulinchen!
Hier sende ich Dir –
verzeihe es mir –
verspätet das Kochbuch. Die Rechnung liegt bei.
Du findest sie zwischen Blatt zwei und Blatt drei.
Nun also, sieh zu, wie Du Deine Schuld
bezahlst Deinem Freunde. Doch er hat Geduld.
Die Liebe ist stärker als Winter und Tod,
denn aus dem Lebensquell stammt sie – aus Gott.
Drum wird Dir wohl allzu schwer fallen nicht,
die in der Rechnung verlangte Pflicht
gar recht zu erfüllen. Du kannst sie ersehn
in Römer 13 geschrieben stehn.
Ich glaube, im 8. Vers, wo man es liest.
Schlag nach! Und Du findest, dass es so ist.
Dein Heinrich

Ob das Päule ihre Bibel je so rasch aufgeschlagen hat, wie nach dem Empfang dieses Briefes? Sofort fand sie die Stelle Römer 13,8: *Seid niemand nichts schuldig als dass ihr euch untereinander liebt. Wer den anderen liebt, der hat das Gesetz erfüllt.*

Einige Zeit danach erhielt der Schlossermeister Christian Erhardt in Calw einen dicken Brief von seiner Tochter Pauline aus der Schweiz. Sie mag lange genug mit jeder einzelnen Zeile umgegangen sein. Der Brief ist lesenswert.

Basel, den 1. März 1900

Lieber Vater!

Ein paar besondere Zeilen möchte ich heute an Dich richten. Zu diesem Zweck kommt mir die Rechnung von Herrn Heinrich Stahl, die ich Dir beilege, recht gelegen.

Mit dieser Rechnung habe ich ein Kochbuch bekommen. Ich bat Heinrich, mir beim Erstellen eines solchen Buches behilflich zu sein, was ich aber unbedingt bezahlen wolle. Und so kam denn ein neues, selbstgemachtes – und mit ihm die erwünschte Rechnung. Die Zahlen der Summe sind im Römerbrief des Apostels Paulus zu finden, wie Du ersehen kannst. Das wird Dir zeigen, in welchem Verhältnis wir zueinander stehen.

Der Zweck meines Briefes ist nun der, Dir zu sagen, daß ich von ganzem Herzen bereit bin, diese „Schuld" zu bezahlen, aber – es bedarf Deiner Bestätigung. Ich habe schon früher daran gedacht, Dir meinen Herzenszustand aufzudecken, aber es sind mir immer so viele Bedenken gekommen. Was würde der Vater sagen? Solltest Du zu viele Bedenken haben, nun, so ist es umso besser, wenn ich gleich an den rechten Ort gegangen bin. Deinen Rat, ja wenn es sein müßte, Deine Zurechtweisung, wollte ich in dem Fall so dankbar annehmen wie Deine Billigung. Über diese Sache habe ich noch niemand als mein eigenes Herz und Gewissen zu Rate gezogen. Meine Geschwister oder sonst jemand wissen noch nichts, als was sie vielleicht ahnen. Gerade deshalb will ich es Dir jetzt sagen, ehe Dir jemand direkte Fragen vorlegt.

Nun denkst Du, es sei, angesichts meiner Jugend, auch so eine Schwärmerei. Aber sieh, diesen Wunsch trage ich schon lange in mir. Du darfst aber ruhig sein, dass ich meine Gedanken nicht etwa zu viel im Missionshaus habe und dadurch meine Pflicht vergesse. Auch kommen wir selten zusammen, um jeden bösen Schein zu meiden. Dagegen schreiben wir uns hie und da.

So bitte ich Dich denn, lieber Vater, mir meine Kühnheit zu verzeihen und Dir die Sache zu überlegen. Weißt Du, nur in kindlichem Vertrauen habe ich den Mut gefaßt, Dir zu schreiben. Heinrich hat keine Ahnung davon, aber natürlich: wenn Du die „Rechnung" bestätigen würdest, dann würde ich es ihm sagen, damit er Dir selber schreibt und sie dann auch seinen Eltern vorlegt.

Diese Zeilen wurden mit Überlegung geschrieben. Nun, da sie vollendet sind, fühle ich eine gewisse Befriedigung, denn ich bin ganz sicher, dass Du mich wenigstens verstehst, mögen Deine Ansichten sein, wie sie wollen.

In der Hoffnung, daß Du mir nicht zürnst, schließe ich, Deiner Antwort entgegensehend. Sei nun herzlich gegrüßt von Deiner dankbaren Tochter

Pauline.

Geschrieben am 1. März 1900

Abgesandt am 5. März 1900

Vater Erhardts Antwort ist nicht mehr erhalten. Wir können uns aber gut vorstellen, wie er nach dem Empfang dieses Briefes noch lange still an seinem Schreibtisch saß, wobei ihm allerlei Gedanken durch den Sinn zogen. Sein Päule, sein tüchtiges Mädchen, hatte sich also bereits versprochen – und auch noch einem Missionar! Er hätte ihr ein leichteres Schicksal gewünscht. Dass der Heinrich

Stahl ein rechter Mann war, daran bestand kein Zweifel. Er, der Vater, hatte keinen Grund, sich dazwischenzulegen. Aber ein leises Weh mag dennoch wie ein Schatten über seine Seele gezogen sein, denn damit war ein Stück Loslassen manch lieb gehegter Vorstellungen verbunden. Der Schlossermeister Erhardt war ein gereifter Vater, wenn auch nicht gerade ein kirchenfrommer Mann. Er hatte einst seine erste Frau von vier unversorgten Kindern wegsterben sehen, er spürte, dass auch die Tage seiner zweiten Frau gezählt waren. Sein Sohn Carl, den er sich als Nachfolger erträumt hatte, war Theologe geworden. Christian Erhardt wusste, wie schnell das Leben dahinfährt, als flöge man davon. Es galt zu vertrauen. Er fühlte keinen stichhaltigen Grund zum Einspruch.

Er mag den Brief viele Male gelesen haben, bis er diese neu auf ihn zugekommene Tatsache innerlich annehmen konnte. Aber eines Tages hat er dann doch die Briefblätter zusammengefaltet und sie als eine Kostbarkeit aufbewahrt. Und schließlich mag er gedacht haben: „Ich kann es nicht ändern. Ja, sie ist meine Tochter – sie weiß, was sie will! Sie soll meinen Segen haben, denn ohne ihn tut sie es nicht.“

Einschnitte

Als jungen Arzt hat es mich besonders erschüttert,
wie wenige Menschen heute dem Sterben
und dem Tode gewachsen sind.

Gert Legatis

Im Leben gilt es manchmal, schwierige Treppenstufen zu überwinden. Der junge Heinrich Stahl fand die Treppenstufen zur Wohnung des Schlossermeisters Erhardt wahrhaftig nicht einfach. Während der Sommerferien hatte er sich als zukünftiger Schwiegersohn vorzustellen. Natürlich kannte er das gutbürgerliche Haus und die große Schlosserei. Aber gerade da gab es einen sehr heiklen Punkt: Sein Elternhaus war arm, er war in der Tat „keine gute Partie", worauf Vater Erhardt vielleicht Wert gelegt hätte. Außerdem war er erst Student, und wie lange das Basler Komitee einen auf die Heirat warten ließ, wusste man sehr wohl. Christian Erhardt war als sehr korrekter Geschäftsmann bekannt. Heinrichs Herz klopfte gewaltig, als er die Treppe hinaufstieg. Doch es lief alles besser, als der junge Mann befürchtet hatte. Er spürte, dass ihm ein gütiger Schwiegervater gegenübersaß. Christian Erhardt kannte und schätzte auch die Eltern in Ostelsheim, den belesenen und klugen Rosenwirt, der nie ein Wort zuviel sagte, samt dessen tapferer, selbstloser Frau.

Nach Heinrichs Verabschiedung lief ihm noch die liebliche sechzehnjährige Anna zufällig über den Weg.

Er grüßte bewusst distanziert, denn noch durfte außer den Eltern niemand wissen, warum er gekommen war.

Dein Vater und ich, liebstes Päule, pflegten eine ernste Unterhaltung, die sich natürlich um uns beide drehte ... Er machte schließlich den Vorschlag, ob wir nicht doch Gottlieb und Luise Eisenmann mit unserer Beziehung bekannt machen sollten. Aber wir waren uns darüber einig, daß es für unsere Sicherheit besser gewesen sei, daß unsere Ferien nicht gleichzeitig stattgefunden haben. Laß nirgends etwas raus, daß Du mein liebes Schätzle bist ...

Viele, viele Briefe gingen von nun an hin und her. Heinrich hat sie später zu Büchern gebunden. Sie sind von solch zarter Innigkeit, dass es einem ist, als träte man beim Lesen durch ein verschwiegenes Rosenpförtchen und schlüpfe in einen leuchtenden Paradiesgarten. Da er aber nur diesen beiden jungen Menschen gehört, soll davon lediglich so viel ausgeplaudert werden, wie für Verständnis und Fortgang ihrer Lebensgeschichte nötig ist. Die Briefe waren ja nicht für die Öffentlichkeit bestimmt.

Bald nahm auch Päule von Basel aus den schriftlichen Kontakt zu ihren neuen Ostelsheimer Schwiegereltern auf:

Ich bin sehr glücklich, daß durch Eure Zustimmung all die zweifelnden Gedanken in mir entfernt sind. Gott gebe, daß ich meinem Heinrich alles werden kann. Er wolle mit seinem Segen unseren Bund glücklich hinausführen. Wir sehen uns wenig, denn immer noch müssen wir sehr vorsichtig sein. Doch eine warme Liebe geht hin und her ...

Im Frühjahr 1901 wurde Päule dringend aus Basel nach Hause gerufen. Man brauchte ihre Hilfe, denn das Befinden der Mutter hatte sich dramatisch verschlechtert. Obwohl die Schwester Anna die umfangreiche Hausarbeit tapfer bewältigt hatte, war sie nun doch überfordert und sehnte Pauline stündlich herbei. Hatte sie Angst vor dem Tod der Mutter? Es ist nicht anzunehmen, denn in den großen Familien ereignete sich oftmals ein Todesfall.

Über die letzten Tage der zweiten Mutter schreibt Päule:

Bei meiner Heimkehr fand ich Mutters Befinden sehr schlecht ... Sie nimmt nur noch Wein und Milch zu sich ... Wir feierten miteinander das Hl. Abendmahl, denn wir fühlten, daß der Abschied nahte ... Zum Schluß hatte die Mutter noch große Atemnot ... Nun ist sie nicht mehr da ... Sie war uns eine gute Mutter ...

Wie selbstverständlich war es in jener Zeit doch noch, dass die Alten in den Armen ihrer Kinder sterben durften! Darin haben die heutigen Alten es schwerer.

Nach achtzehn Jahren war zum zweiten Mal das Haus in der Calwer Ledergasse von Trauer überschattet. Christian Erhardt hattc im Juni 1901 scinc crst 48-jährige zweite Frau auf den Friedhof zu geleiten. „Es ist keine Kleinigkeit, in solch kurzer Zeit zwei Frauen zu verlieren", seufzte er.

Päule war sehr betroffen vom Heimgang der Mutter. Die Einundzwanzigjährige hatte nun dem großen Haushalt vorzustehen. Anna ging ihr geschickt zur Hand. Der erst zehnjährige Emil brauchte nach Leib und Seele eine besondere Fürsorge, und das ständig wachsende innige Verhältnis zwischen den Geschwistern ist in den Briefen beglückend zu beobachten. Die Lehrer liefen wegen Emils schulischer Weiterbildung dem Schlossermeister fast die Haustüre ein, aber der kleine Mann äußerte entschieden, dass er den Vater nie im Stich lassen werde und als einziger Bub mit ihm das Geschäft einmal weiterführen wolle. Ja, du tapferer Emil! Es ist gut, dass man nicht in die Zukunft sehen kann.

Ein großes Lebensgeschenk waren für Päule die neu gewonnenen Schwiegereltern in Ostelsheim. Die zum zweiten Mal Verwaiste erhielt in Friederike Stahl eine wirkliche Mutter. Wie viel verständnisvolle Güte schimmert durch die mit Alltäglichkeiten angefüllten Briefzeilen der mütterlichen Frau hindurch! Und so oft wie möglich wanderte Päule bei Wind und Wetter den zweistündigen Weg hinauf nach Ostelsheim. Häufig kehrte sie erst bei Nacht wieder heim. „Aber ich habe keine Angst", schrieb sie.

Der Sommer 1901 war für die ganze Familie voll gewichtiger Einschnitte. Im Basler Missionshaus hatte sich Heinrich auf das Schlussexamen vorzubereiten. Es wurde nicht wenig verlangt. Findige Köpfe fanden einen treffenden Kommentar: „Kein Wunder, im ganzen 19. Jahrhundert waren die Inspektoren lauter Schwaben." Welch gewichtige Themen mussten da mit Wissen erobert und angefüllt werden: Ethik, Symbolik (Sinnbildgehalt), Dogmatik (das Wissen um die kirchlichen Bekenntnisse), Homiletik (christliche Predigtlehre), Katechetik, Missionskunde, usw. Hervorragende Leistungen wurden vor allem im Fach Bibelkunde erbracht. Darin sollen „die Basler" oft genug den Volltheologen überlegen gewesen sein. Dabei darf man nicht vergessen, dass man es im Missionsseminar häufig mit Bauern- und Handwerkersöhnen aus einklassigen Dorfschulen zu tun hatte. Ihre auffallend gute, zügige Handschrift überrascht immer wieder und häuft späte Lorbeeren auf das Haupt so manch eines unbekannt gebliebenen treuen Dorfschulmeisters.

Endlich – nach fast sieben Jahren – hatte auch Heinrich durch das enge Examenstor hindurchgefunden. Und nun kam der spannendste Augenblick. Wohin würde er ausgesandt werden? Er schreibt:

... Liebes Päule, Du wirst so erstaunt sein wie ich, daß meine Bestimmung nicht China, sondern Afrika (Kamerun) lautet.

Aus anderen Briefstellen erkennen wir, dass Heinrich seine Berufung nach Kamerun mit einiger Enttäuschung aufgenommen hat. Wenige Jahre später hat er das bestimmt nicht mehr begreifen können, denn Kamerun und seine Menschen blieben seinem Herzen ein ganzes Leben lang nahe.

Auf den wenigen ungenügenden Fotos jener Zeit sehen wir den jungen Missionar als einen groß gewachsenen dunkelhaarigen und bärtigen Mann von 26 Jahren. Sein gütiger, ja sogar humorvoller Gesichtsausdruck zeigt, dass es ihm besonders gut gelungen ist, Verstand und Gemüt als Einheit zu leben. Eine erstaunliche innere Sicherheit geht von ihm aus. Bei allem Weh vor dem unumgänglichen Abschied mögen die Eltern in Ostelsheim mit Recht sehr stolz auf ihn gewesen sein.

Zu neuen Ufern

Man soll nie zuschauen!
Man soll Zeuge sein
und mittun und Verantwortung tragen.
Der Mensch ohne mittuende Verantwortung zählt nicht.

Antoine de Saint-Exupéry

Längst ehe die Münsterglocken von Basel zum Hauptgottesdienst des Missionsfestes mit einem Gewoge von Klängen die alte Stadt erfüllten, waren im fernen Ostelsheim die beiden Eltern Stahl auf den Beinen, denn heute, an diesem schönen Frühlingssonntag des Jahres 1901, war ein besonderer Tag. Heinrich wurde im Basler Münster zum Missionsdienst eingesegnet. Die Eltern wollten sich nachher während der Stunde des Gottesdienstes die Zeit nehmen, um still und dankbar am Tisch zu sitzen und ihre Gedanken nach Basel zu schicken, denn eine Fahrt dorthin hätten sie sich nicht leisten können. Auch das Päule konnte nicht zur Feier gehen, sie war zu Hause unabkömmlich. Oder dachte sie, es sei klüger, unsichtbar zu bleiben?

Das Basler Missionsfest, das alljährlich im Anschluss an die Schlussexamina der oberen Klassen stattfand, war weit über die Schweiz hinaus berühmt. Für die Verantwortlichen in der Organisation waren es äußerst anstrengende Tage, aber die Besucher von nah und fern schöpften daraus jedes Mal neue Kraft für ihren Alltag. Das Fest weitete ihren Blick über die engen Grenzen ihrer

Heimat und ihres oft kleinen Lebens hinaus. Von einem schwäbischen Bauern wird erzählt, dass er, um das Missionsfest in Basel besuchen zu können, ein Äckerlein verkaufen musste. Aber nach dem Fest sei er strahlend nach Hause gekommen und habe gesagt: „'s isch 's Äckerle wert, 's isch 's Äckerle wert!"

Als die frisch ausgebildeten Missionare vor dem Altar eingesegnet wurden, blieb keiner der vielen Teilnehmer unbewegt. Auch der Präsident des Komitees, Pfarrer Miescher, war spürbar ergriffen, als er den jungen Heinrich Stahl einsegnete:

„*Der Herr, der deiner Mutter Wunsch erfüllt und dich zum Arbeiter in seinem Weinberg berufen hat, er mache dich zu einem treuen, geduldigen und weisen Knecht, dass du großen Lohn habest in dem Segen, den er auf deine Arbeit legt.*"

Und es war, als fühle man, wie auch die Worte des Vaters unhörbar durch den Raum schwangen:

„*Gold und Silber habe ich nicht, aber ich habe einen einzigen Sohn, und den will ich zum Dienst hingeben.*"

Es folgten noch andere bedeutende Feste für Heinrich Stahl, der, wie seine Mutter schreibt, „ein großer und starker Mann mit einem Bart" geworden ist. Am Himmelfahrtstag 1901 wurde er in der festlich geschmückten Calwer Stadtkirche von Dekan Roos ordiniert, d.h. zu Predigtamt und Sakramentsverwaltung im kirchlichen Dienst eingesetzt. Pfarrer Zeller, der ihn einst in Ostelsheim konfirmiert hatte, war sein Ordinationszeuge. Seinen langjährigen Freund Wilhelm Walz, der inzwischen Beamter bei der Stadtverwaltung Stuttgart war, musste er vermissen. Dieser schreibt:

Gerne wäre ich zur Feier nach Calw gekommen, aber meine Frau hat mit zwei kleinen Kindern viel zu tun und bedarf noch der dringenden Schonung. Ich erachte es daher als meine Pflicht, sie zu unterstützen und muß auf eigene Wünsche verzichten. Es ist ja ein wichtiger und ernster Tag in Deinem Leben. Ich glaube zuversichtlich, daß du mit Freude dem Ruf zur Arbeit im Weinberg des Herrn folgst und willig die mit dieser Würde unzertrennliche Bürde auf Dich nimmst. Deine Arbeit möge nicht vergeblich sein.

An der Ordinationsfeier nahm das Päule teil, auch wenn sie sich sehr im Hintergrund hielt. Danach durfte Heinrich, wie er immer wieder schreibt, „unvergesslich schöne Sommerferien“ erleben, die letzten für lange Zeit. Alle Verwandten und Freunde wollten den geselligen und offenen jungen Mann zum Abschied noch ein wenig um sich haben. Das Zusammensein mit Päule freilich musste vorsichtig geschehen, denn in Basel durfte niemand erfahren, dass es da schon eine Braut gäbe. Dazwischen befasste Heinrich sich mit Kamerun, seit 1884 deutsche Kolonie. Das tropische Klima Westafrikas ist für Europäer sehr anstrengend. Zudem war damals der tropenmedizinische Schutz noch unzureichend. Die wichtigsten Sprachen der Eingeborenen waren Duala, Bakosi und Bali.

Über all diesen reich erfüllten Tagen lag Abschiedslicht. Freude und Schmerz wurden intensiver gefühlt, weil man um ihre Endgültigkeit wusste. Wann würde man die Heimat wiedersehen? Würden die Eltern dann noch rüstig und überhaupt am Leben sein? Und das Päule, das unendlich geliebte Päule, würde es den langen Atem für eine noch nicht abschätzbare Wartezeit bewahren können?

Schließlich nahte der 8. September (Heinrichs Geburtstag!), an welchem er nach Basel zur Verabschiedungsfeier abreisen musste.

Es galt, die lieben alten Eltern, die treuen Freunde und Nachbarn und unser stilles Dörflein zu verlassen. Schwer war die Stunde, als ich mit den Eltern allein im Zimmer saß, und wir auf das Fuhrwerk warteten, das mich auf die Bahnstation Althengstett bringen sollte. Beim dumpfen Rollen der herannahenden Kutsche klammerte sich mein Mütterlein noch einmal fest an mich, ihr einziges Kind, und zitterte vor innerem Schmerz. Der Vater und ich blieben stumm, es war uns schwer ums Herz.

Am darauffolgenden Morgen reiste Heinrich noch in nebliger Dämmerung von Calw aus nach Basel. Sein hallender Schritt durch die altvertrauten Gassen des Städtchens war der einzige Laut in der stillen Frühe. Als er an Päules Haus vorüberging, suchte er mit seinen Augen die Fenster ab. Richtig, da stand ein Flügel weit offen! Jemand sehr Liebes schaute still zu ihm hinab und wagte nicht zu winken. Es war auch nicht nötig. Aus späteren Briefen wissen wir, dass bei allem Abschiedsweh eine große feierliche Freude von da ab den Ausreisenden nach Basel begleitete.

In Basel kam am Nachmittag noch Missionar Spellenberg dazu, der ebenfalls mit mir nach Kamerun reist. Tags darauf fand die Verabschiedung im Betsaal des Missionshauses statt, eine erhebende Feier. Der Chor der Missionszöglinge sang: Auf dich, o Herr, vertraut meine Seele. Viele unserer Missionsbrüder geleiteten uns noch zur Bahn nach Hamburg. Sie sangen uns ein Reiselied. In Hamburg, der großen Stadt, verabschiedete uns eine Militärkapelle mit dem Lied des Trompeters von Säckingen: Behüt dich Gott, es wär so schön gewesen, behüt dich Gott, es hat nicht sollen sein.

Vom Hamburger Hafen aus hat Heinrich seiner Pauline noch ein reizend illustriertes Abschiedsgedicht zugesandt. Zwar nimmt solche Reimereien heutzutage keiner mehr ernst, dennoch rührt einen das Briefchen an :

Wie wird mir so bang, da ich scheiden soll,
Wie thut mir's im Herzen so weh!
Weil's Liebchen die Augen von Thränen voll
Ich drüben am Fenster seh.
Sie schwenkt das Tüchlein u. weint u. nickt,
Hat tausend Küsse mir nachgeschickt,
Und flüstert ein stilles Ade. (...)
Behüt Dich der Himmel, du herzige Maid,
Und denk in der Ferne auch mein!
Und wär ich auch viel tausend Meilen weit –
Die Meine sollst immer Du sein!
Im Morgenrot, bei des Abends Grau'n
Will stets Dein liebliches Bild ich schau'n.
Auf Wiedersehn, Liebchen, Ade! Ade!
Auf Wiedersehn, Liebchen, Ade!

Der bequem ausgestattete Dampfer „Alexandra Wörmann" lief am 11. September 1901 von Hamburg in die Nordsee aus. An Bord angekommen, entdeckte Heinrich, dass die gute Mutter Friederike ihm ein Fläschchen von seinem geliebten Himbeersaft in den Koffer gepackt hatte. Er berichtet seiner Braut darüber:

... Von meiner langen Seereise will ich, mein herziges, liebes Mädchen, die letzten Zeilen auf deutschem Boden an Dich richten ... Der Tag hat für mich mit einem kleinen Pech angefangen: Als ich meinen festgepackten Handkoffer öffnete, kam eine rötliche, klebrige Flüssigkeit auf mich zu. Mein Fläschchen Himbeersaft konnte trotz Patentverschluß der Gewalt seines Inhalts nicht widerstehen. Das Glas war in vielen kleinen Scherben. Glücklicher Weise hatte ich das Fläschchen gut verpackt und noch in einen Socken gesteckt, der das meiste aufgesaugt hatte. Zwar fand sich der Saft auch in Taschentüchern, Drillichhosen und in der Schreibmappe, aber Bücher und wichtigere Sachen blieben davon verschont. Das Mädchen hat mir die Sachen gewaschen. Aber gelt, Liebchen, Du berichtest von dieser Himbeergeschichte vorläufig nichts in Ostelsheim, damit die liebe Mutter sich nicht auch noch unnötig abhärmt ...

Nach Kamerun war man damals noch, die Zwischenstationen eingeschlossen, 25 Tage lang unterwegs. Die Missionare hatten in Basel eine Fahrkarte 1. Klasse bekommen. Das hinderte die Herren Gottlieb Spellenberg, Heinrich Stahl und Wilhelm Trautwein aber nicht, erbarmungslos seekrank zu werden.

Trautwein und ich gaben die Hoffnung auf ein Weiterleben noch nicht auf. Als ich jedoch einmal schwer und bedenklich seufzte, sagte Trautwein: „Glaub no net, Dir sei's liederlicher wie mir!" Danach lachten wir.

In Madeira ging man an Land, und die plötzlich wieder zur Genesung befreiten und dadurch vielleicht etwas übermütig gestimmten jungen Herren ließen es sich nicht nehmen, den berühmten Madeirawein zu versuchen und eine „trockene“ Schlittenfahrt den Berg hinunter zu wagen.

Gestern abend sah ich erstmals das sogenannte Meerleuchten. Einige Tage lang hatten wir auch ein paar herzige Vögelein an Bord. Ich hab übrigens gleich Schwaben auf dem Schiff entdeckt: die Schiffsbäckerei ist aus Kornwestheim, und ein Passagier ist aus Ulm. Natürlich sind auch die Norddeutschen und die Engländer sehr nette Leute.

„Schiffsbriefe“ voller Lebensfülle an die Eltern und an Päule sind erhalten, voll Singen und voller Freude an Kindern, an neuen Bekanntschaften, an festlichen Stunden – Briefe voll Herzlichkeit, spürbar getragen von verborgenem ernstem Gebet.

Die Weiterreise führte über Accra, Hauptstadt von Ghana, ehemals „Goldküste“.

Und dann stieg er langsam, mächtig und majestätisch hinter dem Meer auf, der 4000 Meter hohe Kamerunberg, das Wahrzeichen des Landes.

Die Neulinge waren angekommen.

Ankunft in Kamerun

Es muss das Herz bei jedem Lebensrufe
bereit zum Abschied sein und Neubeginn.

Hermann Hesse

Kamerun! Hatte sich Heinrich nicht ein Land voll wärmster Sonne und herrlichster Blüten vorgestellt? Stattdessen wurden die drei Ankömmlinge von einem fürchterlichen Gewitter mit sintflutartigen Regengüssen empfangen, sodass sie den Dampfer zunächst gar nicht verlassen konnten. Bis zum Reiseziel Duala brauchte man mit dem Boot noch zweieinhalb Stunden. Wer es wagte, trotzdem loszufahren, kam, falls er nicht ertrunken war, reumütig mit zerfetztem Schirm und durchnässten Kleidern bald wieder zurück.

Nach zwei Tagen endlich stiegen wir drei (Spellenberg, Trautwein und ich) vom Dampfer auf ein Boot um und kamen bei prächtigem Wetter in Duala an, wo wir von den Missionaren Gutekunst, Krayl, Ebding, Vöhringer, Gräule und Gehr sehnsüchtig erwartet und abgeholt wurden. War das ein wunderbares Wiedersehen mit den Klassengenossen von Basel her!

Noch in der gleichen Nacht wurde Heinrich auf einem Kanu von Schülern der Missionsstation über den Kamerunfluss gerudert und auf die Missionsstation Bonaberi gebracht. Die Missionare Göhring und Dinkelacker standen zum Willkommensgruß bereit. Die dortigen Missionsschüler begrüßten ihren neuen Lehrer mit ungeheuer laut gesungenen Liedern und Chorälen, zum Teil sogar in Deutsch.

In Bonaberi hatte Heinrich zunächst die Dualasprache zu lernen und sich in die Verwaltungsaufgaben einer Missionsstation einzuarbeiten. Dabei galt es, einer ganz anders gearteten Kultur zu begegnen. Wieviel kann man davon lernen! Verständnisbereit, wie Heinrich von Natur aus war, nahm er alle neuen Eindrücke auf. Aber ach, schon nach vierzehn Tagen teilte ihm das Basler Missionskomitee mit, dass er in der Missionsstation Lobethal mitzuarbeiten hätte.

Ich muß gestehen, ich tat es ungern. Es seien dort Sandfliegen und Moskitos in Mengen vorhanden. Auch lasse das Essen zu wünschen übrig, weil keine Frau vorhanden sei, nur Junggesellen. Es war dann aber gar nicht so schlimm. Ich fand, daß auch das Zusammenleben auf einer Missionsstation mit lauter Junggesellen seine schönen Seiten hat. Hier sind die Missionare Ernst, Maier, Roth und ich. Außer dem Erlernen der Dualasprache gebe ich den Mittelschülern Gesangsunterricht. Auch die medizinische Verwaltung liegt in meinen Händen. Es scheint hier überhaupt mehr Krankheiten zu geben als in Europa: Geschwüre, Verletzungen, Würmer. Manchmal werden meine Arzeneien auch mißbraucht, weil sie den Schwarzen so gut schmecken.

Am Silvesterabend des für die Familien Erhardt und Stahl so einschneidenden Jahres 1901 saß Heinrich ganz allein auf seiner Station Lobethal. Die Schüler und die anderen Missionare waren in Ferien, und er hatte für die gesamte Station samt Hühnern, Ziegen, Enten und Schweinen zu sorgen.

Einsam sitze ich an meinem Tisch und lasse den Gedanken ihren Lauf. Sie gehen in die ferne Heimat zu den Lieben, die jetzt in dieser Abendstunde auch an mich denken ... Bei euch daheim ist jetzt Winter. Vielleicht auch Schnee auf den Straßen, Dächern und Feldern. Ich sitze in Hemd und Hose unterm warmen südlichen Himmel. Wir haben hier auch Christfest gefeiert. Aber alles, was sich für einen Europäer mit Weihnachten verbindet, harmoniert nicht mit der Natur ringsum. Auf den Riesenbäumen kreischen unzählige Papageien, geschäftige Webervögel fliegen auf den Ölpalmen hin und her, vor unserem Haus schlüpfen muntere buntgefiederte Kolibris in den Blütenkelchen herum. Der Tannenduft, der Christbaum mit seinem Schmuck in der geheizten Stube fehlt – und manches andere auch. Aber ich weiß, das ist ja nicht die Hauptsache am Christfest. Und so bin ich heute abend dennoch fröhlich und vergnügt.

Wie wir das Fest gefeiert haben? Als Christbaum diente eine junge Ölpalme, in einen Eimer mit Erde gestellt. Aus Mangel an Kerzen zerschnitten wir Stearinlichter. Der Baum wurde vor den Altar gestellt und war dann doch recht hübsch. Das Programm haben wir erst am Abend zusammengestellt, es wird hier nichts übereilt.

Es ging auch alles ganz gut, bis zum Austeilen der Geschenke. Die vielen Kinder machten einen Heidenspektakel. Jedes wollte sein „Jabea" zuerst haben. Von den Schülern bekam jeder eine Jacke oder ein Hemd. Ein altes Weiblein drängte sich auch herzu und begehrte für ihren nackten runzligen Oberkörper ein Jäckchen. So zogen wir ihr denn so ein buntes Ding an, und ihr hättet sehen sollen, wie diese Alte in der Knabenjacke gravi-

tätisch durch die Kapelle schritt. Auch unser Hund Cäsar kam in die Kirche geschlichen und setzte sich neben mich ans Harmonium. Nach einem Rippenstoß meinerseits legte er sich vor den Altar und hörte aufmerksam der Weihnachtsgeschichte zu. Solche Zwischenfälle sind in Kamerun durchaus salonfähig.

Schon nach wenigen Wochen erhielt das Päule von ihrem Heinrich einen gestochen schön geschriebenen Brief in Duala. Sie verstand kein Wort. Dagegen bemühte sie sich, griechische Buchstaben zu lernen, auch einige lateinische Brocken finden sich in ihren Briefen. Und Heinrich mahnt sie: „Do not forget your English!"

Auch wenn die Briefe lebhaft hin- und hergingen, so konnte doch von „Korrespondenz" im eigentlichen Sinn niemals die Rede sein. Die Post war stets einige Wochen unterwegs und niemand kann wohl die sehnsüchtigen Blicke zählen, mit denen das Postschiff Musango jedes Mal auf der Wasserstraße erwartet wurde.

Ein besonderer Liebling war Paul Jocky, einer der treuesten und anhänglichsten Schüler. Eines Morgens kam er aufgeregt angelaufen. Im Entennest sei eine große Schlange und sie habe bereits zwei Enten gefressen. Jetzt schnell die Flinte her! Wie gut, dass man während der Militärzeit Schießen gelernt hatte. Missionar Roth gab den besten Schuss ab. Schließlich zogen die Männer das Ungeheuer an Stricken ins Freie. Es war eine Riesenschlange, schenkeldick und fast drei Meter lang. Die Schlangenhaut bildete danach lange eine eigenartige Zierde in Roths Zimmer.

Ja, Tapferkeit und Gefasstsein auf unvermutete Ereignisse waren gefragt in diesem tropischen Gebiet mit seinem üppigen Wachstum. Immer wieder einmal waren Riesenbäume zu fällen, man hatte selbst zu schlachten, zu backen und zu kochen. Hässliche Wunden waren zu verbinden, denn die Schwarzen mit ihrer dünnen Haut verletzten sich leicht. Auch kleinere Operationen sollte man durchführen lernen. Kanufahren musste geübt werden, bei Tag und bei Nacht, denn viele Missionsstationen konnten nur über Wasserstraßen erreicht werden. Frisch ausgeschlüpfte Krokodile waren aufzuziehen, und manche alten musste man erlegen, was gar nicht einfach war, denn sie tauchten blitzschnell ab. Es gab Auseinandersetzungen mit verschiedenartigen Häuptlingen, etwa, wenn sie die Kinder nicht in die eigens gegründeten Schulen schicken wollten, weil sie nicht einsahen, wozu man Lesen und Schreiben lernen solle. Die immer wieder einmal aufblitzende Abenteuerlust der sonst so verantwortungsbewussten und fleißigen jungen Missionare wurde voll ausgeschöpft.

Es sind feine Kerle, unsere Kameruner! Prachtsburschen – und manchmal durchtrieben! Ist man ein guter Kerl, laufen sie einem fast das Zimmer weg. Der ärgste ist Sango a munde, unser Häuptling. Er „kauft" hin und wieder Medizin, bringt natürlich kein Geld mit. Wenn ich ihm das bei nächster Gelegenheit vorhalte, dann sagt er mit rührender Gebärde: „A sango laikise, mba!" (Herr, verzeih mir!). Was soll ich da machen? – Unter der Kinderwelt habe ich schon viele Freunde. Sie kommen täglich auf die Veranda und klagen über Husten, weil sie wissen, daß ich Bärendreck (Lakritze) habe. Ja, ja, was man in Afrika alles machen muß! Aber weil man es muß, kann man es auch ...

Überall spürte man bei den Eingeborenen das große Vertrauen in die Missionare, im Gegensatz zu manchen Kolonialherren. Auch sie waren so verschieden, wie eben Menschen sein können.

Heinrichs Hauptarbeit gehörte der Schule. Siebzig mehr oder weniger begabte Jungen waren zu erziehen. Auch hatte er immer wieder einmal Schulvisitationen in so genannten Außenstationen durchzuführen. Die Häuptlinge wollten nach ihrer Wesensart behandelt und beehrt werden. Für die Unterbringung der Buben brauchte man unbedingt eine neue Baracke. Die Helfer waren nicht ungeschickt und bald stand ein neues Haus in Lobethal, mit eigenen Kräften gebaut.

Das Christentum unserer Schwarzen ist bei allen schönen Erfolgen, die es durchaus gibt, oft noch auf einer Art Kindheitsstufe. Neulich sah ich unseren wackeren Hiob mit einem Rasiermesser auf einen unserer schwarzen Lehrer zugehen. Dieser hatte Hiobs Braut verführt. Nach der Hochzeit lief sie ihrem Hiob schon am Abend davon. Schließlich fand Hiob sie bei Verwandten und schlug sie von ein Uhr bis vier Uhr, bis sie sagte, sie wolle jetzt bei ihm bleiben. Man muß die ungünstigen Bedingungen, unter denen diese Menschen aufwachsen, in Betracht ziehen. Jedenfalls darf man sie nicht ihrem Elend überlassen. Nein, an Abwechslung hat es mir im ersten halben Jahr in Kamerun wahrhaftig nicht gefehlt.

Bonaberi

Man hat Recht, die Schönheit der Welt zu lieben,
denn sie ist das Zeichen des Liebesaustausches
zwischen dem Schöpfer und der Schöpfung.

Simone Weil

Heinrich war gerne in Lobethal und arbeitete sich rasch ein. Auch die Schule machte ihm Freude. Aber schon im April 1902 findet sich folgender Brief:

Mein lieber Spellenberg kam zu Besuch und teilte mir mit, daß ich in die Mittelschule nach Bonaberi versetzt bin, und zwar schon für die nächsten Tage. Ich darf mich also hier meines Amtes nicht lange erfreuen. Außerdem hat mich mein erstes afrikanisches Fieber überfallen, es setzte mir ordentlich zu. Andererseits kam mir die Nachricht von der Versetzung auch nicht unerwünscht. Es hat mir dort bei einem kurzen Aufenthalt am Anfang des Jahres gut gefallen. Freilich, auf das Packen und das Umziehen könnte ich verzichten.

Ein Umzug im damaligen Kamerun war nämlich geradezu abenteuerlich. Bonaberi liegt an der Mündung des meeresbreiten Kamerunflusses. Spellenberg und Heinrich nahmen den Landweg, der etwas kürzer war.

Unser altersschwacher und vielfach geflickter Karren blieb unterwegs ein paarmal stecken, doch kamen wir heute früh (6. April) glücklich an.

In Bonaberi hatte Heinrich eine umfangreiche Mittelschule zu betreuen. Über siebzig muntere schwarze Jungen waren zu unterrichten. Leider gab es keine brauchbaren Schulbücher und so erarbeitete er sofort ein Rechenbuch für seine Schützlinge. Wenigstens gab es für den Religionsunterricht ein frisch in die Dualasprache übersetztes Neues Testament, mit dem sich gut arbeiten ließ.

Ich gebe auch Singstunden, das freut meine Jungen, sie singen alle gern. Organist bin ich ebenfalls, denn wir haben in unserem Kirchlein ein Harmonium. – Die schwüle Hitze ist haarsträubend, obwohl die Haare gar nicht mehr so viel Kraft haben, um sich zu sträuben. – In der Schule geht jetzt alles seinen regelmäßigen Gang. Nicht allzu schneidig, bei der Hitze eher gemütlich. Ich erinnere mich, wie in Basel einmal ein Norddeutscher zu mir sagte: „Bringt euch vor lauter Fleiß nur ja nicht um, ihr Schwaben!“

Was ich esse, wollt ihr wissen? Gemüse, Kartoffeln, Hühnerfleisch – all das können wir aus der Faktorei beziehen. Ob es in Kamerun Äpfel gibt? Ja, aber gschpässige. Sie schmecken wie Teig und werden als Suppe gekocht. Ananas kennt ihr ja. Das haben wir viel. Ebenso Orangen. Da gibt es eine zweimalige Ernte pro Jahr. Merkwürdig sind die Früchte vom Flaschenbaum. Er trägt kindskopfgroße kürbisähnliche Früchte mit schneeweißem feinfasrigem Fleisch. Zur Zeit sind die Mangopflaumen reif. Aber ach, gerne würde ich ein paar Dutzend Ananas für ein Körbchen gutes deutsches Obst geben. Zur Zeit mache ich Ananassaft. – Mit dem Tropenfieber ist es eine heimtückische Geschichte. Ein junger Kollege, mit mir in Basel eingesegnet, ist vor kurzem daran gestorben. Es gibt auch bei mir immer wieder Tage, an denen ich meinen Dienst des Fiebers wegen nur schleppend versehen kann.

Besonders anstrengend war jedes Jahr die Regenzeit, die in unseren europäischen Sommer fällt. Die schwüle Hitze lähmte alle Arbeitslust, Bücher wurden feucht, Blechteile rosteten, Holzleisten quollen. Deshalb legte man größere Veranstaltungen stets in die Schönwetterperioden. Beeindruckend müssen dabei in jedem Jahr die Missionsfeste gewesen sein. In Heinrichs erstem Jahr in Bonaberi wurden dabei siebzig Taufen gefeiert. Manchmal dachte er voll Sehnsucht an die herrlichen Taufsteine in den württembergischen Kirchen daheim und er wäre froh gewesen, nur einen einzigen davon zu haben. Seine Gottesdienste konnte er nun bereits in der Dualasprache halten. Sie waren oft im Freien, weil die schlichten Kirchengebäude niemals ausreichten für die Menge der fröhlichen und dankbaren Menschen.

Auch Kaiser Wilhelms Geburtstag (27. Januar) fiel in die gute Jahreszeit und wurde jedes Mal mächtig gefeiert. Der Gouverneur hielt eine Rede, bis in die späte Nacht hinein knallten die Böllerschüsse. Lampionschiffe zogen über den breiten nächtlichen Fluss und tagsüber gab es aufregendes Kanuwettrudern. Fast immer ertrank irgendein Waghalsiger dabei und gar nicht so selten fanden diese übermütigen Feste ein trauriges Ende.

In den Ferien waren dringend einige Erholungstage nötig und die Missionare reisten in das klimatisch günstiger gelegene Viktoria am Golf von Biafra oder auf die Bergstation Buea, wo es ein wenig kühler war. Ansonsten benutzten die ledigen jungen Männer diese Vakanzen auch zur Erkundung des Landes und sie waren dabei manchmal recht verwegen. Vater und Mutter in Ostelsheim hätten nicht alle Urwaldwanderungen, Bergbesteigungen und Flussüberquerungen auf handgeknüpften Lianenbrücken mit ansehen dürfen.

Ganz besonders lockte der riesige Kamerunberg. Heinrichs Schilderung von seiner Besteigung, in Buea beginnend, ist reizvoll.

An einem prächtigen Morgen im Januar rüsteten wir uns zum Aufbruch. Wir waren sechs Weiße und acht Schwarze. Gegen gebührende Bezahlung trugen sie uns auch unsere Decken für die Nacht. Auf gutem Weg ging es zunächst zwei Stunden durch den Wald. Dann fing das Grasland an. Auf einer Höhe von 1800 m begegneten wir sogar noch einem verkümmerten, einsamen Baum in dieser Bergwüste. Was mag er schon alles erlitten haben!

Am heißen Nachmittag kletterten wir den dachsteilen Weg hinauf. Bei 1900 m steht eine Wellblechhütte, sozusagen die erste Station. Sie bot uns notdürftigen Schutz für die Nacht. Der prächtige Abendhimmel verwandelte sich bald in eine dort oben empfindlich kalte Sternenpracht. Eine merkwürdige Baumart lieferte uns Holz für ein wärmendes Feuer. Fürs Nachtlager sammelten wir Gras und legten unsere Decken darauf.

Wieder folgte ein prächtiger Morgen. Nach drei Stunden auf anstrengenden Pfaden gelangten wir zur 2. Bergterrasse, 3000 m hoch. Der Kamerunberg ist ja ein Vulkan, und von jetzt an sah man nur gewaltige Lavawüsten mit Aschenbergen. Danach gelangten wir zum Hauptkrater. Ein wildes Naturwunder! Aber der heftige Wind zwang uns bald, uns wieder in der Berghütte zu sammeln. Welch ein unwirtliches, beängstigend kahles Gebirge! Von unten sah das ganz anders aus! Schleunigst begannen wir mit dem Abstieg. Er war mühsam. Aber wohlbehalten kamen wir am Abend wieder in Buea an.

Geduldskämpfe

Herr, habe Geduld mit mir, damit das,
was mir an Möglichkeiten zugemessen ist,
in der kurzen Spanne meiner Lebenszeit,
den paar Jahren, wachse und Frucht trage.

Romano Guardini

Wie erging es inzwischen dem Päule im fernen Deutschland? Sie hatte einen großen Haushalt zu bewältigen, auch wenn sie dabei willig von der jüngeren Schwester Anna unterstützt wurde. Die Briefe nach Kamerun, oft zwanzig Seiten lang, sind mit vielen Unterbrechungen in späten Abendstunden geschrieben.
Einige Streiflichter daraus ergeben ein anschauliches Bild von ihrem damaligen Leben:

... Wir haben einen unbeschreiblichen Umtrieb. Das Gerüst zum Verputzen kam um unser Haus, heute wird alles heruntergeschlagen. Eine arge Schweinerei ... Jetzt heißt es: putzen, putzen ... Gestern waren wir in Hirsau, bei Adolf Zieglers, welche die Wirtschaft zum Kloster gepachtet und eröffnet haben. Adolf fiel vor acht Tagen unter einen Heuwagen. Zum Glück stürzte er an einen Zaun, sonst wäre er erstickt.

Heute vor acht Tagen ist in unserer Nachbarschaft die junge Frau v.Weiler gestorben, in meinem Alter. Seit kurzem hat sie ein Bübchen, und da wollte sie vom Wochenbett aus ihren Mann beim Essen überraschen, stand erstmals auf. Plötzlich starb sie beim Ankleiden. Der junge

Leutnant v.Weiler muß außer sich gewesen sein. Das erste Kind ist zwei Jahre ...

Zu Deinem Geburtstag schicke ich Dir eine Haarlocke, Du kannst Dich überzeugen, daß ich mir keine grauen Haare wachsen lasse ...

Hier ist Abwechslung genug. Wir haben viel Besuch. Doch wenn das Geschäft drängt, hat Vater begreiflicherweise diese Unterbrechungen nicht gern ... Ach, es wäre alles recht, wenn nur die große Sehnsucht nicht wäre ...

Gestern war ich draußen in Ostelsheim in der „Rose". Wir waren so glücklich ...

Ja, das Verhältnis zu den Schwiegereltern gestaltete sich wunderschön. Nicht die leiseste Spannung zeigte sich, wie es doch so oft zwischen jungen Frauen und Müttern einziger Söhne der Fall ist. Päule erhielt in einem sehr tiefen Sinn eine wirkliche Mutter in Friederike Stahl.

Rührend ist immer wieder Päules Bemühen, sich in Heinrichs so andersartiges Leben einzufühlen.

... Du machst mir ganz angst, Heinrich, daß Du immer so gut von mir denkst, wo ich es doch erst werden will, aber noch lange nicht bin ...

Du schreibst mir vom plötzlichen Tod Deines Freundes. Und ob mir nicht graue ... Ich habe die feste Gewißheit, daß Gott es gut mit uns meint. Ihm habe ich mich übergeben. Meine Todesstunde kommt, wo es sein mag. Das Bereitsein fürs Lernen ist jedes Christen Pflicht. Also, Lieber, wenn mich auch solche Todesfälle ernst berühren – wankend können sie mich nicht machen ...

Ich sollte zur Singstunde, aber weil Vater krank ist, will ich ihn nicht allein lassen. Vielleicht kann ich auf diese Weise wieder ein paar Worte Dualasprache weiterlernen.

Pauline besucht auch einen gründlichen Krankenpflegekurs. Heinrich findet, dass sie den eigens in Basel eingerichteten Hebammenkurs ebenfalls mitnehmen müsse. Aber da wird sie energisch:

Nein, Hebamme werde ich nicht auch noch, da kannst Du machen, was Du willst.

Während der sich dehnenden Wartezeit auf die Heiratserlaubnis erziehen die beiden jungen Menschen einander mit großem gegenseitigen Verständnis. Einen winzigen Hauch von Schulmeisterei kann man hin und wieder bei Heinrich freilich nicht übersehen. *O Du Schulmeister!*, schreibt Päule einmal, und sie hat nicht ganz Unrecht damit. Dennoch hält Heinrich die wechselnden Gefühlsschwankungen seiner zur Frau heranreifenden Gefährtin fest in der Hand, mit Wärme, Humor und absolut sicherer Liebe. Er mahnt sie, nicht so viel auf Stimmungen zu geben – und sie ist ihm dankbar dafür.

Hätte der liebe Gott mir Dich nicht über den Weg geschickt, ich wäre nicht, was ich bin.

Immer wieder schreibt Päule von harten Geduldskämpfen, weil die Zukunft so unsicher vor ihr liegt. Frauen mögen an solch einer Situation wohl schwerer tragen als Männer, welche von ihren Berufsaufgaben erfüllt sind. Dennoch lässt sich durch alle Briefe hindurch genau erkennen, dass dieser noch sehr junge Mensch im Calwer Elternhaus eine solche Zeit zum Wachsen und Reifen durchaus gebraucht hat. Der Beruf einer Missionarsfrau ist keine leichte Sache. Je aufmerksamer man die Schicksale der einzelnen Missionarsfamilien jener Zeit verfolgt, wie sie durch die Briefe schimmern, desto verständnisbereiter wird man für die eigenartige Praxis der damaligen Basler Mission im Blick auf die Verheiratung ihrer Mitarbeiter. Es steht nicht wenig Erfahrung dahinter. Erschwerend ist, dass in solch persönlichen Angelegenheiten jeder einzelne Fall wieder anders liegt und manch bittere Bemerkung über allzu lange Wartezeiten, wie sie sich in den Briefen von Heinrichs Kollegen findet, ist durchaus berechtigt und nachzuvollziehen. Häufig war ein großes Maß an Langmut gefordert.

Pauline, die ihre Nöte im Grunde sehr still und allein aushalten musste, geriet in ihrem religiösen Suchen gewiss manchmal an ihre Grenzen. Zudem erwachten um die Jahrhundertwende in jener Schwarzwaldgegend neue, etwas schwärmerische Strömungen, für die sie gerade in ihrer Situation anfällig wurde.

Wie diese Männer das Evangelium auslegen, lieber Heinrich, kann ich es in der Kirche nicht erhalten.

Der Brief ist hundert Jahre alt, könnte aber genauso gut in unserer Zeit geschrieben sein.

Das Suchen außerhalb der großen Kirchen ist immer lebendig. Vielleicht sehnt man sich gar nicht so sehr nach neuen Glaubenserkenntnissen als vielmehr nach Wärme, Gemeinschaft und Nähe, die sich in der offiziellen Kirche nie so leicht finden lassen wie etwa in kleineren Gruppen und in Sekten.

Es ist erstaunlich, mit welch wacher Aufmerksamkeit der ferne Freund diese ungewohnten Töne in Päules Briefen aufnimmt und mit welcher Klarheit er, bei aller Behutsamkeit, darauf antwortet:

Bonaberi, 2. Mai 1903

... Jetzt will ich gleich, liebes Herzchen, einige Fragen aus Deinem Brief beantworten, und zwar ganz offen.

Du schwärmst von Deinen Erbauungsstunden. Ich denke so: Sie sind etwas Rechtes und Edles und zeugen von echtem religiösen Leben. Sie sind etwas Gutes, wenn sie (als Gemeinschaft und als Einzelglieder) sich nicht in Gegensatz zu den Ordnungen unserer evangelischen Kirche stellen (der wir angehören), und wenn sie sich nicht vom Wort Gottes entfernen und sich mit übergeistlichem Sinn über die Pfarrer erheben wollen. Deshalb halten sich unsere pietistischen Gemeinschaften im allgemeinen treu zur Landeskirche. Eine Sekte ist, was sich eigenwillig von der Kirche trennt und das Evangelium auf irgendeine Weise entstellt oder verkehrt. Freilich, es gibt auch unter den „Stundenleuten" unrühmliche Ausnahmen, die sich wenig vorteilhaft als Christen auszeichnen. Aber man soll ihr ungünstiges Bild nicht gleich der ganzen Gemeinschaft anhängen.

Ich glaube, Dein Vater hat nicht unrecht, wenn er Dich warnt, nicht extrem oder einseitig zu werden. Meinst Du nicht, der Gehorsam gegen Deinen Vater sei ein größerer Gottesdienst, als wenn Du gegen seine Zustimmung in die genannten Versammlungen gehst? Gewiß, ich kann mich über Deinen Ernst nur freuen. Dennoch glaube ich, daß Du einseitig Gottes Gnade durch die Vermittlung solcher Versammlungen erwartest, wo doch Gott ständig bei Dir sein kann. Was willst Du denn hier in Afrika machen, wenn Du zu Anfang in der Kirche kein einziges Wort verstehst?

Es wäre mir sehr bedauerlich, wenn Du vom Predigt-

amt in der Kirche gering denken würdest. Du schreibst: „So klar wie diese Männer das Evangelium auslegen, kann ich es in der Kirche nicht finden." Das ist ein bißchen viel gesagt, gibst Du das zu? Da hat Dein Gemüt zu sehr mitgesprochen. Weißt, 's ist nicht alles Gottes Wille, manchmal ist's auch unser eigener oder die Eingebung der jeweiligen Gemütsverfassung. Du wirst Dich jetzt wundern. Ich konnte es Dir nicht ersparen. Bei alledem weißt Du, daß ich Dich sehr liebe als meine teure Braut. Und deshalb zürnst Du mir auch nicht.

... Ich wünsche, daß Du Deinen lieben Vater mit dem Inhalt meines Briefes bekannt machst. Es soll keinerlei Geheimnistuerei zwischen uns bestehen. Also! Ich verlasse mich darauf, auch wenn's Dich eine Demütigung kostet ...

Was ich mir als Geburtstagsgeschenk wünsche, fragst Du? Schreib mir, daß Du mich arg lieb hast und Dich freust, bis Du einmal bei mir sein darfst – das ist mir das liebste Geschenk von Dir ...

Diesen Brief hat die suchende und wartende Braut bestimmt immer wieder gelesen.

Buea

Wirklichkeit ist unwahrscheinlicher als Dichtung.
Das kommt daher,
dass Dichtung sich an das Denkbare halten muss.
Die Wirklichkeit braucht das nicht.

Mark Twain

Aber schon bekommt Pauline ganz andere Nachrichten:

Bonaberi, 4. April 1903

... Die Missionsgeschwister Walker waren mit zwei Kindern hierhergekommen, um mit dem nächsten Dampfer ihre Erholungsreise nach Europa anzutreten. Da wurde Frau Walker vom Schwarzwasserfieber befallen. Sie sollte nach Gottes unerforschlichem Ratschluß eine andere Heimreise antreten. Heute morgen bestatteten wir sie auf dem Friedhof in Bonaku, neben die erste Frau Walker, die vor sechs Jahren im gleichen Hause verschieden war.

Der Sommer 1903 sollte für Heinrich weiterhin unruhig bleiben. Zunächst wurde er wieder einmal vom Fieber gepackt. Sodann ergaben sich Versetzungen hin und her, die manche Umorganisation nötig machten. Und im August teilt er nach Deutschland mit:

... Heute kam die Nachricht, daß ich möglichst schnell ans Seminar auf die Bergstation Buea kommen solle. Nun ergeht wieder das Vergnügen an mich, alles einzupacken. Als junger Missionar nimmt man das aber nicht

schwer. Je weniger dieser an beweglicher Habe besitzt, desto besser. Er kauft sich Lattenkisten und legt sie mit wasserdichtem Ölpapier aus. Am Morgen des 14. August stand ich reisefertig am Flußufer von Bonaberi, begleitet von Göhrings und Dinkelackers und einer Menge kleiner Jungen, die mir alle zum Abschied die Hand drücken wollten. Der Chor sang noch ein Lied: „Das Licht des Himmels lacht"...

Aber das Himmelslicht lachte gar nicht. Der Kamerunberg blieb in dichten Nebel gehüllt, als das Kanu losfuhr. Der treue Knabe Paul Jocky, mehr wert als hundert Lausejungen, begleitete seinen Sango Stahl nun schon auf die dritte Station. Mit dem leichten Regierungsdampfer „Nachtigall" fuhren sie auf unruhigem Wasser dem neuen Ziel entgegen. Die letzte steile Strecke musste zu Fuß mit einem Maultier bewältigt werden. Unter strömendem Regen quälte sich der kleine Tross stundenlang aufwärts. Trotz des Ölpapiers fand das Wasser den Weg ins Innere der Kisten. Der Regen drang durch alle Kleider bis auf die Haut. Aber endlich, endlich sah Heinrich von weitem das Missionsehepaar Lutz winken. Wie viele Tage mochten die beiden lieben Menschen schon nach ihrem Kollegen ausgeschaut haben!

Beim Auspacken betrachtete Heinrichs Buchbinderauge traurig die abgegangenen Leder- und Leineneinbände seiner geliebten Bücher. Wie sehr musste er es doch, wie er erwähnt, immer wieder lernen, sein Herz von vergänglichen irdischen Dingen zu lösen.

Die hoch gelegene Missionsstation Buea hat ein deutlich besseres Klima als die Stationen unten am Fluss. Trotzdem ist auch dort die Regenzeit für Europäer nicht leicht zu überstehen. Einige Wochen nach seiner Ankunft schreibt Heinrich, man spürt hinter seinen Sätzen viel heimliche Wehmut:

Drunten in Duala heiratet heute mein geliebter Freund Spellenberg ... Und ich komme aus Schnupfen und Kopfweh überhaupt nicht mehr heraus ...

Die Regenzeit schien kein Ende zu nehmen. Aber eines Tages wurde es schließlich doch wieder schön. Buea erstrahlte in herrlichstem Glanz und viele Erholungsgäste stellten sich ein.

Auch die jungen Missionare machten eine Ferienreise. Die Weihnachtsvakanz war für einen Ausflug zum Elefantensee (heute Barombisee) vorgesehen. Es wurde eine Karawane von sechzig Personen gebildet. Als Erstes musste die riesige von Schlingpflanzen (Lianen) geflochtene Hängebrücke, nur so dick wie eine Hopfenstange, überquert werden.

Man hatte sich Schritt für Schritt einzeln und sehr vorsichtig hinüberzutasten, bis man nach etwa fünf Minuten erleichtert am anderen Ufer ankam. Nein, an Waghalsigkeit ließen diese Ferienausflüge nichts zu wünschen übrig.

Sodann hörten Missionar Ebding und ich von ferne einen Wasserfall tosen. Also – Schuhe aus, Hosen aufgekrempelt und losgewatet! Wir zogen unsere Kleider aus und legten sie ans Ufer, denn in dieser Urwaldfinsternis braucht man nicht mal eine Badehose! Und schon hatte mich der Strudel samt meinem Ebenholzstock fortgerissen. Jetzt trennte uns nur noch ein schmaler, aber reißender Spalt von dem ersehnten Platz. Ebding suchte nach einer harmloseren Stelle, aber ich wagte den Sprung hinüber auf den anderen Felsblock. Ich hatte mich verrechnet. Ich rutschte weg und ins tosende Wasser. Nur den Kopf hatte ich noch frei.

Liebes Päule, da ist mir einen Augenblick lang seltsam zumute geworden. Ebding eilte herbei und half mir aus Leibeskräften mit seinem Regenschirm heraus. Und jetzt sahen wir die mächtigen Fälle, eine Terrasse über der anderen, ein ungeheurer Anblick.

Da hörten wir fernes Rufen, es waren unsere Jungen. Jocky weinte. Nachdem sie unsere Kleider am Ufer gesehen hatten, meinten sie, wir wären in dem gefährlichen Wasser umgekommen. Päule, ich will Dir versprechen, nie mehr so waghalsig zu sein. Ich will auch auf der Reise nicht mehr aus jedem Wässerlein trinken, denn ich habe jetzt wieder Fieber und fühle mich zur Zeit recht krank. Nein, es fehlt hier wahrhaftig nicht an Krankheiten. Ich schreibe Dir das aber nicht, um Dich zu erschrecken. Du darfst Dich freuen, mein teures Herz, daß Du hierherkommen kannst um zu helfen, es ist so nötig. Und wenn Gott es fordert, auch zu leiden. Ach, wenn Du doch schon bei mir wärest ...

Ja, wenn ...!

Aber auch das folgende Jahr 1904 ging ohne eine Heiratsmöglichkeit ins Land. Mit entzückenden Reisebeschreibungen und heiteren Erlebnissen versuchte Heinrich sein Bräutlein abzulenken. Ob es immer gelungen ist?

Denk Dir, Päule, eben wollte ich ins Bett, als ich draußen auf der Veranda ein unheimliches Geräusch vernahm. Gleichzeitig hörte ich Frau Missionar Lutz mit Hilferufen aus dem Nachbarhaus. Ich ergriff meine

Lampe, nahm den Speer in die rechte Hand und schritt mit gesenktem Licht auf den Gegner zu. Ein Tiger? Ein Löwe? Ein Leopard? Frau Lutz zitterte hinter ihrem Fensterladen. Der Feind hatte Respekt vor mir und wußte meinen Stichen gut auszuweichen, mein Spieß rannte jedesmal in die Wand. Es gelang mir, ihn in die Flucht zu schlagen. Besser wäre es gewesen, wenn er auf der Strecke geblieben wäre. Er war nämlich gar nichts anderes – als eine Riesenratte …

Bei aller fröhlichen Tapferkeit bangte Heinrich im Geheimen, ob sein Päule noch eine längere Wartezeit durchhalten könne. Sie wurde unsicher. Seit jenem Tag, da beide einander in Calw auf der Treppe begegnet waren und sich auf der Stelle ohne gegenseitige Ahnung füreinander entschieden hatten, waren nun acht Jahre verstrichen. Acht Jahre!

Ach Heinrich, wie viel „Heiratsgeschwätz" muß ich mir anhören! In letzter Zeit habe ich oft von Dir geträumt und Dich gesehen. Ich wäre bitter enttäuscht, wenn es auf einmal heißen würde: noch ein paar Jahre Geduld … Die Leute sagen: „So schön kriegen Sie's nimmer!" Aber es ist halt sooo lang! … Ob das überhaupt noch etwas wird mit uns beiden?

Glücklicherweise gab es in Calw vielerlei Pflichten für die junge Hausfrau, sodass keine Zeit zum Grillenfangen blieb. Neben der Arbeit in Haus und Garten war auch noch die alte Großmutter Erhardt (die Mutter des Schlossermeisters) im Nebenhaus zu betreuen. Sie hatte einst mit ihrem Mann das Kutscherhäusle beim berühmten Calwer Palais Vischer bewohnt.

Päule schreibt:

Calw, 29.4.1904

Lieber Heinrich!

Unsere Großmutter Erhardt ist gestern früh gestorben. Sie hatte eine Lungenentzündung. Da wir vorgestern große Wäsche hatten, ging ich erst gegen Abend zu ihr hinauf. Bisher hatte Großmutter meine Nachtwachen bei ihr immer abgelehnt. Aber diesmal ließ ich mir's nicht nehmen. Zuerst war sie sehr unruhig, wollte aus dem Bett, aber sie war zu elend. Gegen Morgen kam Tante Julie, um mich abzulösen. Ich war drüben aber noch nicht warm in meinem Bett, als sie mir meldete, daß Großmutter gestorben sei. Ich habe mich sehr gegrämt, daß ich nicht oben geblieben bin. Gleichzeitig bin ich froh, daß ich die letzte Nacht bei ihr gewacht habe ...

Einige Wochen später berichtet sie nach Kamerun:

Heute abend wurden wir in einen gewaltigen Schrecken versetzt. Vater ging aus. Er kam aber nochmals zurück und rief unten am Haus herauf, man solle nachsehen, ob der Geselle Wilhelm noch da sei. Bruder Emil ging in dessen Schlafkammer, er war nicht da. Emil eilte – mit brennenden Kleidern, die auf dem Stuhl gelegen hatten – zurück. Wahrscheinlich von einer Zigarre oder einem Hölzchen, das Feuer gefangen hatte. Emil war beherzt genug, die glostenden Kleider zusammenzupressen. Hose und Hemd waren bereits verbrannt. Wäre Vater nicht nochmals – zufällig – zurückgekommen, dann hätten wir uns später ahnungslos ins Bett gelegt. Ohne Zweifel wäre in dem alten Haus ein großes Unglück geschehen ...

O ja, es gibt merkwürdige „Zufälle" im Leben. Manchmal sind sie mühelos zu erklären und manchmal versteht man sie überhaupt nicht. So war es auch ein seltsamer, wahrhaftig nicht leicht zu fassender „Zufall“, der Heinrichs und Paulines Geschick plötzlich und einschneidend verändern sollte.

Die Wendung

Alles Wahre ist schon gesagt worden.
Aber da niemand zuhört,
muss es immer wieder gesagt werden.

Nikolaus von Cues

Zunächst war der sonnenklare 13. Mai 1904 in Buea so lieblich, wie nur ein wolkenloser Tag in Afrika sein kann. In Heinrichs Schulstunden sangen die Buben wie die Staren, und auch bei den alten Geschichten aus der Bibel hörten sie aufmerksam zu. Aber in der Pause erhielt der junge Seminarleiter eine Nachricht, die ihn tief erschütterte.

In der besonders schönen großen und wichtigen Missionsstation Nyasoso tief im Landesinneren arbeiteten seine Kollegen Dorsch und Schwab. Gegen Spätnachmittag beabsichtigte Missionar Schwab, ein Täubchen fürs Abendbrot zu schießen, denn man war immer dankbar für frisches Fleisch. Da aber löste sich schon auf der Veranda zur Unzeit ein Schuss aus der Flinte und traf unbeabsichtigt die junge Frau Dorsch, die dort beim Nähen saß.

Heinrich berichtet nach Hause:

Der Schuß traf Frau Dorsch so unglücklich in den Unterleib, daß sie nach einer Stunde verstarb. Dorschs haben zwei kleine Kinder, das jüngste ist erst ein paar Wochen alt ... Es wird wohl zu einer Gerichtsverhandlung kommen. Für unsere ganze Mission hier ist es ein überaus schwerer Schlag. Nyasoso ist eine wichtige Station. Künftig ist sie verwaist ...

Bei der Gerichtsverhandlung wurde Missionar Schwab freigesprochen.

... Heute, am 27. Mai, kam Bruder Lutz von einer längeren Reise zurück und brachte den schwer getroffenen Bruder Dorsch mit, zusammen mit seinen beiden mutterlosen Kinderlein. Dieser will baldmöglichst seine Heimreise antreten ...

Nach wenigen Tagen folgt ein aufregender Brief an Pauline. Man spürt der Schrift ab, wie sie übers Papier fliegt:

... Grad komm ich von der Schule, liebstes Päule, da rief mich mein Nachbar Lutz zu einer Besprechung. Große Not wegen der verwaisten Station Nyasoso. Missionar Dorsch, der bisherige Leiter, ist ja nach dem plötzlichen Tod seiner Frau in die Heimat zurückgekehrt. Es gäbe keinen anderen Ausweg, sagt Lutz, als daß ich mich verheirate und mit einer jungen Frau auf die Station Nyasoso gehe ...

Ei der Tausend! Jetzt schnell dem Herrn Inspektor nach Basel schreiben und um Heiratserlaubnis einreichen. Welch freudige Wendung nach solch ernsten Ereignissen! Wenn das „Jawort“ aus Basel eingegangen ist, sofort Verlobungskarten drucken lassen, nett, geschmackvoll, ich zeichne sie Dir auf! Namensliste lege ich bei ... Der Gedanke, dass es noch mindestens drei Wochen ansteht, bis Du die Nachricht hast, ist mir sehr unangenehm ... Einen Rüffel werde ich von Basel bekommen, denn ich habe dem Herrn Inspektor nicht verhohlen, daß unsere Beziehungen schon älteren Datums sind. Nun, diesen Rüffel muß ich dann halt einstecken! Es ist der erste, den ich von Basel hierher kriege ... Lutz hat den Inspektor um telegraphische Antwort gebeten. Ich wollte, ich wüßte schon, wie alles läuft ... Mir ist wonnig zumute. Daneben sind Zweifel: Wird das Komitee meine Verheiratung genehmigen? Oder werden sie Nyasoso lieber unbesetzt lassen? Warum fährt der Dampfer nicht schneller? Immer noch hätte ich Lust, Dir zu telegraphieren! Aber es nützt nichts. Es muß alles von Basel ausgehen.

Buea, 11.7.1904

Heute abend ist das Telegramm von Basel eingetroffen. Versetzung nach Nyasoso und Heirat genehmigt. Der Rüffel war gnädig.

Sofort begann Heinrich, seine Habseligkeiten zusammenzupacken. Wieder hatte man wegen der nahenden Regenzeit alles in wasserdichte Traglasten zu verpacken. Allein das Bett ergab schon eine ganze Traglast für einen Mann.

Es ist mir wie ein Traum, wie rasch eine Änderung meines ganzen Lebens eintritt ... Spellenberg wird die Aufgaben mit mir teilen.

Die Reise dauerte fast drei Wochen, und dabei setzte tatsächlich die gefürchtete Regenzeit ein. Die gefährliche Lianen-Hängebrücke musste überschritten werden, sie war in einem bösen Zustand und brach am nächsten Tag zusammen. Wie viel hätte passieren können!

Die Weiterreise wurde so anstrengend, dass auch für die Träger ein paar Erholungstage eingelegt werden mussten. Schließlich schickte der Kollege Spellenberg ein Pferd entgegen und von da ab ging die Tour besser vonstatten. Nach seiner Ankunft schrieb Heinrich seiner Braut:

Es ist wirklich herrlich hier in Nyasoso. Am 22. August kann ich mit dem Unterricht beginnen.

Und wie erging es mittlerweile Päule?

Zunächst betrat (das Datum des 23. Juli 1904 ist festgehalten) der würdige Dekan Roos aus Calw das Haus in der Ledergasse, stieg die Stufen zur Wohnung empor und hielt im Auftrag des Basler Missionskomitees um die Hand von Fräulein Pauline Erhardt für Herrn Missionar Heinrich Stahl an. Die Braut wurde ersucht, sich in Basel als künftige Missionarsfrau vorzustellen.

Pauline saß still dabei – und lächelte. Würde sie dieses Lächeln immer bewahren können?

Auf der Fahrt nach Basel wurde sie von ihrem Bruder Carl, dem Theologen, begleitet. Wenig später schreibt sie nach Kamerun:

Calw, 27. Juli 1904

... Ich wurde richtig examiniert, liebster Heinrich. Man legte mir die großen Schwierigkeiten dar und schilderte mir die Anforderungen an eine Missionarsfrau. Man gab mir Fragebogen und forderte ärztliche Atteste und Leumundszeugnisse.

Da Pauline unumstößlich entschlossen war, das gemeinsame Leben mit Heinrich zu wagen, mag ihr der ganze Umstand übertrieben erschienen sein. Dass das Komitee aber aus großem Verantwortungsbewusstsein heraus handelte, sollte sie in den kommenden Jahren durchaus erfahren. Jedoch war jetzt endlich der Weg frei für Verlobungskarten, die auch heute noch, nach hundert Jahren, nicht vergilbt sind.

Im Calwer Frauenkreis wurde schon geschwätzt, daß das nichts mehr werde mit uns beiden. Ja, ich muß allerlei hören. Aber nun trage ich einen Ring an der Hand. Und Du bekommst nicht einmal einen Verlobungskuß ... Ich möchte Dir eine Frau werden, lieber Heinrich, wie Du sie Dir nur wünschen kannst und die Dich nicht enttäuscht. Ich bitte Gott, daß er mich zubereitet. Du wirst Geduld mit mir haben müssen. Ich gebe mir alle Mühe, tüchtig zu lernen ... Jetzt weiß ich nichts mehr, als daß ich Dich sehr lieb habe.

Der noch erhaltene Verlobungsring trägt neben dem Datum die Gravur der „Kochbuchrechnung" aus Römer 13,8: „Bleibt einander nichts schuldig als die Liebe."

Und Heinrich schreibt:

Nyasoso, 8. September 1904

Heute, an meinem 29. Geburtstag, kam die Post – und mit ihr das Trauringlein. Welch ungewohntes, neues Gefühl, dieser Ring am Finger! Pfarrer Würz brachte mir im Auftrag des Komitees einen Brief (ein paar bittere Tropfen auf den Becher des Glücks) in Gestalt von abermaligen kräftigen Randglossen in meiner Heiratsangelegenheit. – Aber schickst Du Dich denn auch gerne drein, liebes Päule, daß Du nun schon bald fort mußt vom Vaterhaus? Ist Dir nicht bange vor dem Abschied? Liebstes Herz, ich weiß, daß es eine schwere Stunde für Dich werden wird, aber laß sie ruhig kommen, es ist bald überstanden. Und dann darfst Du in meine Arme flie-

gen und darfst denken, daß wir in zwei Jährlein miteinander zurückkehren dürfen – wenn uns Gott am Leben erhält. Und gelt, tust meine Eltern nach Kräften trösten, die Dich so liebgewonnen haben ... Die Leute werden Dich mit allerlei Bemerkungen bedenken: So, Sie wollen zu den Wilden? oder: Haben Sie keine Angst vor den Schwarzen? Und dergleichen Redensarten mehr. Darfst aber ruhig antworten, Dein Bräutigam sage, es sei schön in Kamerun, und Dein Heinrich müsse es wissen ...

Fast alle Mädchen träumen von einem Hochzeitsfest, an dem sie im strahlenden Brautkleid an der Seite des angetrauten Mannes unter Orgelklang und Blumen streuenden Kindern feierlich in die Heimatkirche einziehen, geleitet von Angehörigen, Verwandten und Freunden. Pauline durfte diesen Traum nicht träumen. Heinrich konnte keinen Heiratsurlaub bekommen.

Ich habe den ganzen Stationsbetrieb allein, weil Spellenbergs weg sind ... Durchnäßte Schafe, Hühner, Ziegen versorgen, Kranke verbinden, Räder schleifen, Schule und Gottesdienst halten, Träger und Boten abfertigen, Expeditionsleute unterbringen usw., die Buben bei ihren Streichen beobachten und notfalls durchhauen, Kartoffeln stecken, Zäune reparieren, nachmittags auf den Plantagen die Schüler anweisen – und stets an sechs Orten zugleich sein! Wie leicht wird einem da der Abschied vom Junggesellenstand ...

Endlich vereint

Eine restlos geeinte Ehe ist immer ein Wunder.
Gott allein kann es schaffen.
Es braucht dazu ein Beharren im Glauben.

Paul Tournier

„Das sind Überseekisten!", sagten die Leute, wenn sie in der Calwer Ledergasse unförmige Behältnisse vor dem Erhardtschen Haus stehen sahen. „Es wird also nun doch noch ernst mit dem Fräulein Pauline. Sie beginnt für ihre Ausreise zu packen."

Viel musste in der Schlosserei geplant und bedacht werden im Sommer 1904 – für die ganze Familie. Päule schreibt:

Zur Zeit haben wir vier Gesellen mit am Tisch, aber es geht schon ... Augenblicklich bin ich Bäckerlehrling bei der Mutter in Ostelsheim. Da kann ich's Brotbacken besser lernen als sonstwo. Als ich mitten im Teig war, meinten die anderen: „Wenn jetzt der Heinrich käme, dann könnte er Dir nicht einmal die Hand geben!" Mutter sagte: „Er tät se eineweg in 'n Arm nehme!" ... Als ich abends wieder heimging, sagte sie: „Ach, nur eine halbe Minute möchte ich euch beide zusammen sehen, aber es ist mir nicht vergönnt"...

Einen großen Raum nimmt in den Briefen die Herstellung von Päules Hochzeitskleid ein. Auch Heinrich interessiert sich dafür. Es wurde dann ein prächtiges Kleid für die Tochter aus gutbürgerlichem Haus. Ein Kleid für einen einzigen Tag ...

Manchmal mag sie wohl einen Hauch von Zukunftsangst gespürt haben, denn sie hatte ihren Weg sehr allein zu meistern, ohne den Vater und die Geschwister oder die Ostelsheimer Eltern. Sie hatte in ein fremdes Land mit lauter fremden Menschen zu reisen, unbekannte Pflichten zu erfüllen und ein schwieriges Klima zu ertragen. Würde sie das alles, zusammen mit ihrem Heinrich, leisten können?

Zunächst freilich versank alle Bangigkeit in praktischen Fragen. Außer dem Basler Missionswerk, das brauchbare Hinweise gab, konnte sich Päule bei den Familien Gundert und Hesse Rat holen. Ihr praktischer Sinn, ihr Lernwille und auch bereits viel Erfahrung in der Haushaltführung halfen ihr dabei.

Aber an solchen Tagen fehlt einem eben doch die Mutterhand. Vater steht mir zwar bei, doch er ist halt ein Mann ...

Nach einem wackeren Papierkrieg und einem bitter schweren Lebewohl daheim fand im Oktober 1904 Pauline Erhardts feierliche Verabschiedung im Betsaal des Basler Missionshauses statt.

Jetzt schreibe ich Dir den letzten Brief, lieber Heinrich. Wann findet eigentlich unsere Hochzeit statt? Ach, ich werde bestimmt seekrank! Aber da muß ich jetzt auch noch durch, zu Dir!

Sie bekam eine Fahrkarte erster Klasse mit dem Schiff, von Hamburg aus. Übrigens musste sie nicht ohne Begleitung fahren. Das Basler Missionshaus sorgte aufmerksam dafür, dass keine Missionsbraut allein ausreisen musste. Sie wurde von Missionar Wittwer, Fräulein Anna Klumpp und Fräulein Rosalie Schaibler begleitet.

Dazwischen müssen wir nun aber rasch eine Gedankenreise nach Nyasoso machen, wo der junge Seminarleiter meint, die Wartezeit bis zur Ankunft seiner Braut nicht mehr ertragen zu können. Er hatte sich einen Papagei gekauft und ihn auf das Wort „Päule" abgerichtet, vielleicht würde sie dann schneller kommen. Von der deutschen Regierung wurde damals eine zehn Meter breite Straße durch den Urwald angelegt, was die Reiseroute hinunter nach Duala oder Viktoria in Zukunft sehr erleichtern würde.

Schon Wochen vor Päules Abreise gibt der Bräutigam seine Anweisungen nach Calw:

... Ich möchte der Zeit Flügel geben ... Bitte besorge mir eine weiße Krawatte zur Hochzeit ... Nimm Dich beim Ein- und Aussteigen der jeweiligen Boote in acht, Hände weg vom Bootsrand! Die Wellen könnten Dir die Hände abschlagen ... Ich hole Dich in Duala am Schiff ab ... Geh bei der Landung Eures Schiffes hinab in Deine Kabine, denn wir wollen uns ganz allein begrüßen. Nimm Hochzeitskleid und Rock mit, denn die Dampfer brauchen manchmal acht Tage zum Ausladen ... Wahrscheinlich werde ich, wie alle hier, im weißen Tropenanzug kommen, deshalb wirst Du mich nicht gleich erkennen ...

Inzwischen saß Päule im Zug und sah zum letzten Mal auf die herbstlich gefärbten Wald- und Wiesenhänge ihrer Heimat. Am Abend tauchte die Großstadt Hamburg auf. Das Schiff „Eleonore Wörmann" wartete bereits im Hafen.

Der unruhige Atlantische Ozean sorgte dafür, dass alle seekrank wurden. Aber danach genoss Päule die stillen Stunden des Nachdenkens auf dem Deck des Schiffes. Sie empfand die Ruhe als notwendig beim Übergang vom ersten Lebensabschnitt in den zweiten. Sie war von Natur aus beherzt und inzwischen auch von ihrem Bräutigam zu einer gewissen Nüchternheit erzogen, sodass sie sich gewiss nicht unnötig falschen Träumen hingab. Näher lag ihr, was Albert Schweitzer schreibt: „Durch Jesu Geist wurde ich gewiss, dass ein Mensch an einen bestimmten Platz berufen werden kann und an keinen anderen ... das ist das große Mysterium: Jesu Geist befiehlt und wir müssen gehorchen."

Inzwischen schickte Heinrich einen Eilboten nach Njanga, der ein ordentliches Kanu für seine Fahrt, der Braut entgegen, sicherstellen sollte.

Im Kanu nach Duala befanden sich drei Ochsen, zwei Ziegen, ein Schwein, eine Anzahl Koffer und Kisten, Elephantenzähne und unsere Hausjungen. Von bequemem Sitzen keine Rede, dreizehn Stunden lang! Als wir nachts um ein Uhr an unserer Landestation Bonaku ankamen, wollte ich mir geräuschlos ein Nachtlager aufschlagen, aber unser für die Hochzeit mitgebrachtes Schwein fing solch ein entsetzliches Gebrüll an, daß alle Bewohner der Station erwachten.

Und dann hatte das Schiff aus Deutschland auch noch einen Tag Verspätung! Was tut wohl ein ungeduldiger Bräutigam, um die Zeit herumzubringen? Er schlendert durch die Straßen der Stadt Duala und findet schließlich ein wunderhübsches goldenes Schmuckstück für seine Braut, ein Accra-Kreuz. Die Goldstadt Accra war nämlich nicht allzu weit entfernt, und so gab es in Duala preiswerte Einkaufsmöglichkeiten für solche Kostbarkeiten. Heinrich ahnte nicht, welch seltsame Geschichte dieser kleine Anhänger später haben sollte.

Am 29. Oktober 1904 lief das Schiff mit der Braut im Hafen von Duala ein. Der Jubel, mit dem sie von den anwesenden Missionsgeschwistern empfangen wurde, muss unbeschreiblich gewesen sein.

Die längst ersehnte Stunde ist gekommen!

Da wir beim Wiedersehen in der Kabine das junge Paar allein lassen wollen, dürfen wir gleich die Festvorbereitungen miterleben, das Schwein schlachten, einkaufen, Geschirr und Gläser beibringen, den Raum richten und die kirchliche Trauung bestellen.

Am 11. November fand in Bonaku unsere Hochzeit statt. Die kirchliche Trauung übernahm Missionar Stotz.

Auch das Hochzeitsmenü, ganz deutsch, hat der Bräutigam gewissenhaft notiert. Sogar den Preis für das Telegramm zu den Eltern nach Ostelsheim hat er aufgeführt. Er schließt seinen ausführlichen Bericht mit dem kleinen Satz:

Die ganze Feier nahm einen überaus schönen Verlauf.

Die anschließende „Hochzeitsreise“ nach Nyasoso war alles andere als romantisch.

Heinrich notiert:

Die Abfahrt war, bei Mondschein, auf abends neun Uhr festgesetzt. Die Ruderer kamen höchst unpünktlich, und der einzige, der den Weg durch die vielen Flußarme wußte, kam überhaupt nicht. Auf der Fahrt würde es nämlich Stromschnellen und Wasserfälle in Hülle und

Fülle geben. Endlich, nach langem Hin und Her, konnten wir in dem mit einem Dächlein versehenen Kanu abfahren. Obwohl Blitze zuckten und Donner grollten, kam es nicht zu dem gefürchteten Tornado. Am zweiten Tag machten wir Rast in einem Dorf. Der dortige Lehrer begleitete uns mit seiner schwarzen Schar liedersingend noch ein Stück den Wurifluß aufwärts.

Die nächste Nacht verbrachten wir in einer englischen Faktorei. Am dritten Tag fuhren wir den Wuri- und Dikombafluß weiter aufwärts und kamen am Abend nach Njanga, wo wir übernachten konnten. Von da an ging der Weg zu Fuß weiter. Ein europäischer Baubeamter stellte uns angesichts unseres Mangels an Lastträgern vierzehn seiner Arbeiter zur Verfügung. Wir bekamen leider viel Not mit ihnen, da sie sehr ungeübt waren.

Und dann ging's hinein in den Urwald, Nyasoso zu. Bei Mondenschein kamen wir in unserer Außenstation Ufun an, wo wir in einem sehr schadhaften Schulhaus übernachteten und von Moskitos übel zugerichtet wurden.

Beschwerlicher als alles Bisherige wurde der Marsch am nächsten Tag durch den langen Urwald. Schließlich kamen uns Schüler aus Nyasoso entgegen. Missionar Glöckel, der über die Zeit meiner Abwesenheit droben ausgeholfen hatte, schickte eine Flasche Wein mit, an der wir sehr froh waren. Höchst langsam ging's bergauf, bis wir endlich abends in Nyasoso einzogen.

In Nyasoso

Ich glaube, dass die Liebe umso wirksamer wird,
je größer wir den Kreis derjenigen ziehen,
die wir als unsere Nächsten betrachten.

Hermann Gmeiner

Hals über Kopf wurde die junge Hausfrau in ihre neuen Aufgaben hineingeworfen. Der kaiserliche Vizegouverneur von Kamerun hatte sich zum Besuch angesagt, aber inzwischen gab es nichts mehr auf der Station, das man dem hohen Gast hätte auftischen können. Ziegen und Geflügel waren während Heinrichs Abwesenheit „verschwunden", die Vorräte aufgebraucht. Und auf dieser Station ließ sich nicht so schnell etwas Geeignetes herbeischaffen. Es war wie ein Wunder, dass am nächsten Tag ein Eingeborener einen Antilopenschlegel brachte, der in der Tat einen leckeren Braten abgab.

Wie sieht inzwischen der Alltag des jungen Paares aus? Heinrichs Briefe an die Eltern klingen überglücklich:

Mein liebes Päule ist ein Kleinod von einer Hausfrau und Gattin. Nicht nur, weil sie Laugenbrezeln und „Grombierekuche", backen kann, sondern weil sie auch sonst in jeder Beziehung eine Musterfrau ist. Kein Wunder, daß ich trotz vieler Arbeit immer wieder ein paar Minuten für allerlei Zärtlichkeiten verwende, z.B. zwischen den einzelnen Schulstunden, wenn sie und ihre roten Bäcklein sich schnell hinter der Küchentür verste-

cken, sobald der gestrenge Herr Busch-Schulmeister hereintritt. Dann springt sie hervor und man meint, daß sie ihren Liebsten monatelang nicht mehr gesehen hätte …

Leicht zu begreifen ist, dass die neu gebackene Missionarsfrau einige Zeit gebraucht hat, um sich mit dem sehr einfachen Leben abzufinden. Wenn Heinrich in der Schule oder in den Plantagen ist, bleibt Päule einen Augenblick auf der Veranda stehen und denkt, dass hier ringsum alles genau das Gegenteil von ihrem Heimatstädtchen Calw ist. Die Station ist umgeben von viel Urwald mit Schlingpflanzen. Turnen da nicht auch zahlreiche Affen lautlos in dem dichten Baumwerk herum? Hoch schauen die Bakosiberge zu ihr herab. Welch gewaltige Natur! Wie ein vorsintflutliches Gemälde!

Übrigens sprechen Heinrichs Mittelschüler die Bakosisprache. Päules mühsam erlernte Dualawörter helfen also im Augenblick nicht viel. Das hält die junge Frau Missionar Stahl aber nicht davon ab, einen zeichenbegabten Freund ihres Bruders Emil, Rudolf Schlichter, um einige Bilder zu bitten. Die kahle Schulbaracke wird dadurch sichtlich belebt. Rudolf Schlichter ist später ein berühmter Maler geworden.

Auch um den Gottesdienstraum kümmert sie sich. Für den Altar stiftet sie ihr kostbares gesticktes Teetischtuch. Aber dann sammelt man in Calw Geld für eine richtige Altardecke. Die Hausfrau kann also für vornehme Gäste wieder etwas Edles, Kultiviertes auf den Tisch legen. Irgendwie braucht sie das.

Den schönen und zugleich fröhlichen, stets großen Gottesdiensten kommt der erste Platz zu. Aber auch die

Werktage sind auf Nyasoso trotz überreichlicher Arbeit von frohgemutem Leben geprägt. Wenn Heinrich von der Schule kommt, springt alles Vieh vor Freude auf ihn zu.

Die älteren Schüler hatten in den Plantagen zu arbeiten. Dafür wurde ihnen das Schulgeld erlassen. Das war eine große Hilfe für die oft aus ärmsten Verhältnissen stammenden Heranwachsenden.

Da die Schwarzen für „Stahl“ und „Eisen“ nur ein einziges Wort haben, nannten sie ihren Schulleiter „Vater Eisen“, „Sango Eyei“. Das klang sehr zärtlich. Die Buben lernten nicht leicht, aber sie gingen gern zur Schule. Und der begabte Jocky gehörte fast schon zur Familie.

Von den zahlreichen Glückwunschbriefen der Freunde und Kollegen aus aller Welt sei lediglich ein einziger herausgegriffen. Er stammt von Freund Kühnle, dem Vater des schwäbischen Kunstmalers Karl Kühnle, der inzwischen Lehrer in Cannstatt geworden war.

... Ihr Pioniere da draußen seid vielbeschäftigte Leute. Da gilt's in der Arbeit Einteilung zu treffen. Bei Jesus hat man nie ein nervöses Hasten bemerkt, sondern stets große innere Sammlung. Gott gebe Euch die Kraft zum unverdrossenen Weiterarbeiten. Vielleicht dürft Ihr schon ein wenig ernten, was Ihr gesät habt? Wir Lehrer in der Stadt haben viele Eltern, deren Kinder der Kirche ganz entfremdet sind. Aber Kinder sind für das Gute empfänglich und beweisen ihre Anhänglichkeit auf ihre Art.

Trotz großen Fleißes war es Heinrich nicht möglich, alle Briefe zu beantworten. Und so dichtet er:

Wem Gott will rechte Gunst erweisen,
den schickt er in die weite Welt,
doch so, daß er auf seinen Reisen
nie Briefe schreibt, stets nur erhält ...

Einmal berichtet er geradezu humorvoll von einem aufregenden Erlebnis nach Hause. In letzter Zeit war durch einen Leoparden, der bis an die Häuser herankam, unter dem Tierbestand viel Schaden angerichtet worden. Heinrich erzählt:

Ein abenteuerlicher Tag! Nun war der Leopard in die Tierfalle geraten und hing mit einem Fuß noch darin. Er brummte und grunzte und vollführte schreckliche Sprünge mit der eisernen Falle am Bein.

Sofort erschossen die Schwarzen das Riesentier und trugen es im Triumph auf einer Wellblechtafel in den Hof, wo es gewogen und gemessen wurde. Spellenberg verteilte das vielbegehrte Fleisch, und mit großem Jubel führten die Jäger einen langen Tanz auf.

Und das Päule? Findet sie sich zurecht in dem andersartigen Klima? Warum wird ihr denn auf einmal so heiß? Und so schwindlig? Hat sie Fieber? Ist das etwa Malaria?

Einige Zeit später schreibt sie nach Hause:

... Manche Leute behaupten, es sei besser, wenn man das Fieber bald bekomme. Heinrich war schon zweimal dran, und immer ist es mit heftigen Kopfschmerzen verbunden. Doch gegenwärtig sind wir wieder gesund. Höchstens, daß man wegen der Sandflöhe ein wenig hinkt. (Sandflöhe schlüpfen unter die Fußzehennägel.) Es kommen jetzt häufig Gewitter, als Einleitung zur Re-

genzeit. Tagsüber ist es so heiß, daß man nicht auf die Veranda kann. Kommt aber ein Gewitter, eilt man rasch nach wärmerer Kleidung ... Einer unserer schwarzen Lehrer will mir seine Frau bringen, damit sie die Haushaltführung lerne. Unser Koch macht auch ganz ordentliche Fortschritte ... Mein Brot wollte nicht gelingen, ich machte es dann mit Sauerteig. Aber jetzt hat Luise mir „Hefel" (getrocknete Sauerteigreste) *geschickt, wie gut! Ich muß zweimal die Woche backen, das Brot schimmelt in dem feuchten Klima rasch.*

Einen ganz besonderen Brief erhält die Schwester Luise im April 1905:

... Im November wird Herr Missionar Dinkelacker Schulvisitation halten. Missionar Dorsch will kommen und das Grab seiner Frau herrichten ... Denkt Euch, unsere letzten Nahrungsmittelbestellungen sind im Mungofluß ertrunken. Bis jetzt können wir uns behelfen, aber bald „isch's nemme nett"! Zum Glück gedeihen Kartoffeln hier gut ... Kannst du mir ein wenig Gartensamen schicken, Luise? Hier gibt es keinen. Jetzt aber zur Hauptsache:

Im Dezember wird voraussichtlich der Storch zu uns kommen. Ich hätte freilich gerne mit einer erfahrenen Frau gesprochen, aber es ist niemand da. In letzter Zeit ist mir oft schlecht. Ich möchte Dich aber bitten, noch nichts nach Hause zu schreiben, weil wir erst erfahren wollen, ob Schwester Gutekunst (die einzige weiße Hebamme) zu uns kommen kann ... Ich bin natürlich für jeden guten Rat dankbar. Vielleicht kannst Du mir schreiben, was man braucht. Ich muß alles selbst machen, Windeln und Hemdchen, einfach alles. Tragkissen und sonstigen

„Staat" braucht man hier nicht. Kannst Du unter Deinen Sächelchen ein bißchen Musterung halten? Schicke aber vor September nichts wegen der Feuchtigkeit ...

Mitten in der Regenzeit brachte ein schwarzer Lehrer dem Päule ein neugeborenes schwarzes Kind zur Pflege. Ein süßes Geschöpfchen. Die Mutter des kleinen Mädchens war gestorben. Man wollte den Säugling töten und neben ihr begraben, da man ihn ohne ihre Muttermilch nicht würde durchbringen können. Päule gab sich, zusammen mit schwarzen Mamis, viel Mühe. Bei all seiner Freundlichkeit war das Kind aber doch recht zart und oft müde. Nach einiger Zeit starb es und wurde im großen Schülergarten in einem blumengeschmückten Särglein bestattet. Päule, die ihrer ersten Niederkunft entgegensah, war sehr betroffen und wurde von einem großen Lebensernst angerührt.

Kurz darauf erhielt sie als weiteren Schmerz die Nachricht, dass die zweite Frau von Missionar Schwarz, die mit ihr zusammen Hochzeit gefeiert hatte, ganz rasch an dem gefährlichen Schwarzwasserfieber gestorben war. *Es jagte mir das Grauen durch alle Glieder*, schrieb Päule an ihre Schwester Luise. Was musste doch die junge Frau alles ertragen!

Päules Entbindung rückte näher. Bis zum Schluss bangte sie, ob die Schwester Gutekunst kommen könne, aber sie kam.

Inzwischen hatten auch die künftigen Großeltern in Ostelsheim erfahren, dass ein Enkelkind unterwegs zur Erde sei. Die Vorfreude auf das kleine Wesen beflügelte ihre Tage. An den Abenden wanderten sie hinaus ins

„Bienengründle“, bangten und freuten sich zugleich, und keins gestand dem anderen, dass es doch recht schwer sei, die Kinder so weit fort zu wissen.

Mutter Friederike schreibt:

Du fragst, ob wir uns freuen, Päule? Wir freuen und sorgen uns in einem. O, wie gerne würde ich etwas für Dich tun! Es ist ein harter Verzicht, die kleinen und netten Sächlein, die Du für das Kleine gemacht hast, nicht zu sehen ...

Am 30. November 1905 notiert Heinrich, der stolze Vater:

Glückliche Geburt unseres Erstgeborenen, den wir Theodor Heinrich nennen wollen. Alles ging gut.

Und nach Erhalt des Telegramms schrieb die Großmutter zurück:

O, wie gerne würde ich das Kleine hüten!

Dass sie einmal beim Wort genommen werden sollte, wusste sie damals bestimmt noch nicht.

Freud und Leid

Die Welt lebt von den Menschen,
die mehr tun als ihre Pflicht.

Ewald Balser

Weihnachten 1905. In Calw mag Schnee gelegen haben, denn zu Anfang des 20. Jahrhunderts waren die Winter schneereicher als heute. Auch in Ostelsheim in der „Rose“ war es vermutlich ruhig und die Eltern dachten mit Sehnsucht nach Nyasoso.

Es war gut, dass sie von dem Heiligen Abend ihrer Kinder nichts wissen und ihn auch nicht miterleben mussten. Zwar schien zunächst alles einen guten Verlauf zu nehmen. Päule erholte sich bald von der Geburt, der Kleine gedieh. Heinrichs Schüler gingen in die Ferien und er bereitete die Taufe seines Sohnes vor. Sie sollte am Christfest stattfinden. Einige kleine schwarze Waisenkinder würden dabei auch getauft werden.

Und dann kam alles anders. Ausgerechnet am Heiligen Abend wurde Päule plötzlich von dem gefürchteten Schwarzwasserfieber erfasst, einer schrecklichen Tropenkrankheit, die meist tödlich verläuft. Heinrich berichtet:

... Schwere Tage, schwere Nächte ... Die Hoffnung, das Leben der lieben Kranken zu erhalten, schwand mehr und mehr.

Spellenberg reichte ihr und mir das Abendmahl. Im Anschluß daran taufte ich über ihrem Bett unser liebes

Kind, um dessen Leben wir, ohne die stillende Mutter während der heißen Zeit, ebenfalls bangen mußten. Nach dem zweiten Weihnachtstag trat gottlob eine leichte Besserung ein. Aber noch ist die Sorge groß, wie es im Neuen Jahr weitergehen wird.

Am Tag nach Neujahr wiederholte sich ein schwerer Anfall des Schwarzwasserfiebers. Heinrich zeichnete alle Fieberkurven auf, sie sind noch erhalten und tatsächlich atemberaubend. Wie lange würde die Kranke durchhalten? Schwester Gutekunst und die Brüder Spellenberg teilten sich mit dem Ehemann in die Rundumpflege der Todkranken. Erschütternd sind ihre eigenen Worte:

Ach, wie ärmlich sieht die Welt aus angesichts des Todes. Und wenn ich unser liebes Kind ansah, das ich nun wohl für immer allein lassen mußte – ach ... Heinrich wich nicht von meinem Lager. Solche Stunden müssen erlebt sein ... Sind wir schon vorher ein glückliches Paar gewesen, so sind wir es jetzt zweifach ...

Päule überstand die Krankheit, aber sie erholte sich nur mit Mühe. Die vorher kräftige Frau wog noch einen Zentner. Bald danach bekamen alle drei schwere Geschwüre. Bei dem kleinen Heine wollten sie lange nicht weichen. Der Vater musste seine Schulstunden auf die Veranda und einige Male sogar ins Schlafzimmer verlegen, weil er vor lauter Geschwüren nicht gehen und auch keine Sandalen anziehen konnte.

Aber man kann nicht immer nur in drückender Sorge leben. Schließlich bricht sich die gesunde Natur der beiden jungen Eltern doch wieder Bahn. Bei den Ferienausflügen fühlt auch Päule sich wie neugeboren. Der kleine Heine darf im Tragkorb mit. Sie freut sich am Gedeihen ihres aufgeweckten Kindes und nimmt ihrem Mann alles nur Mögliche ab. Er hat auch mehrere Außenstationen zu besuchen und ist immer wieder einmal etliche Tage weg.

Nach einigen Jahren des Aufenthaltes in den Tropen wird stets, vor allem aus gesundheitlichen Gründen, ein Heimaturlaub nötig. Dieser erste Urlaub der Familie Stahl war auf das Jahr 1907 geplant. Er bedurfte monatelanger gründlicher Vorarbeit, denn in der Regel ist auch ein Stationswechsel damit verbunden. Er wird noch vor dem Urlaub in die Wege geleitet, damit man nach der Rückkehr sofort wieder mit der Arbeit beginnen kann. In Nyasoso zogen inzwischen die Geschwister Gutekunst ein. Für Heinrich und Pauline war die Missionsstation Bonaberi vorgesehen, an der Mündung des Kamerunflusses gegenüber von Duala gelegen.

Im vorausgehenden Herbst 1906 war es Päule klar, dass sie wieder ein Kind erwartete. Sie wagte nicht, diese Tatsache nach Hause zu schreiben, denn womöglich würde die Geburt des neuen Erdenbürgers genau in die Zeit des Ortswechsels fallen, und darüber würden sich ihre Angehörigen allzu sehr aufregen. Außerdem war Heinrich im Frühjahr für eine mehrwöchige Reise nach Bali im Inneren Kameruns vorgesehen, und es war gar nicht sicher, ob das kommende Kind mit seinem Erscheinen auf die Rückkehr des Vaters warten würde.

Es ging dann aber alles gut. Heinrich kam noch zeitig genug zurück, um am 23. März 1907 die Geburt seines zweiten Sohnes Gerhard mitzuerleben. Päule war sehr glücklich. *Nun sind wir eine richtige Familie*, schreibt sie nach Hause.

Dem Antwortbrief der lebenserfahreneren Schwester Luise spürt man es an, dass sie besorgt ist:

Wir gratulieren Euch herzlich zu der Geburt Eures Sohnes Gerhard und wünschen nur, daß er samt seiner Mutter durch die Packerei und den Umzug seiner Eltern keinen Schaden nehme. Bis Ihr diesen Brief erhaltet, kommen freilich meine Besorgnisse und Ermahnungen zu spät. Hätte ich eine Ahnung gehabt, so hätte ich ernstlich geraten, die Heimreise noch einen Monat hinauszuschieben. Jetzt hoffen wir halt das Beste. Wir wünschen Euch eine gute Heimreise ...

Päule wusste genau, dass die Schwester Recht hatte. Auf ihre Weise bereitete sie die Lieben daheim auch ein wenig vor: *Dicke Backen, das gibt es bei mir nicht mehr,* schreibt sie. Andererseits war die Sehnsucht nach der Heimat so groß, dass ihre Kräfte wuchsen. Wie stolz würde sie sich fühlen, dem Vater Erhardt und den Großeltern in Ostelsheim ihre beiden hübschen munteren Jungen vorzuführen! Wenn nur der Abfahrtstag schon da wäre! Er war auf den 18. Juni 1907 festgesetzt. Als Letztes wurde noch der kleine Gerhard in Nyasoso getauft, dann erfolgte die Übergabe der Station an den Nachfolger.

Der Abschied von Nyasoso und vom Kollegen Spellenberg war sehr schwer. Sowohl Heinrich als auch Pauline hatten diese Zeit auf der schönen Station als besonders wertvoll empfunden.

An Bord der „Eleonore Wörmann“ schreibt Heinrich:

Schon eine Stunde nach der Abfahrt waren wir seekrank. Den für morgen erbetenen Schiffsgottesdienst kann ich nicht halten ... Heine mit seinen flinken Füß-

chen muß sehr gehütet werden, macht sich dauernd am Geländer zu schaffen und wäre fast ins Meer gestürzt ... Mit uns fährt der Großherzog von Mecklenburg, dessen Flügeladjutant, Major von Gleichen, mich eines Tages zu ihm bitten ließ. Der Großherzog bedankte sich sehr für meine Gottesdienste und befragte mich interessiert über meine Missionsarbeit ...

Endlich in Hamburg angelangt, wird die junge Familie am Landungsplatz von Freunden abgeholt. Dem Päule will vor Freude fast das Herz zerspringen, denn jetzt geht es Stunde für Stunde der Heimat zu. Auf dem Stuttgarter Hauptbahnhof winkt schon von weitem der Vater Erhardt, der eigens von Calw angereist ist. Kann auch er das Wiedersehen kaum mehr erwarten? Selbst der Bruder Carl ist da und dazu Heinrichs treuer Freund Wilhelm Walz.

Während die Ankömmlinge nun mit ihren Verwandten von Stuttgart nach Calw fahren und aus dem Zugfenster die altbekannten Ortschaften und die wogenden Getreidefelder grüßen, kehren wir in Päules Elternhaus in der Ledergasse in Calw ein. Dort warten die Eltern Stahl; sie sind schon am Vormittag von Ostelsheim gekommen. Der Rosenwirt ist inzwischen blind geworden. Sachlich und bescheiden nimmt er sein unvermeidbares Schicksal auf sich. Seine Ohren aber sind offen für alles, was auf ihn zukommt. Und die Großmutter? Wird sie dem Umtrieb durch die kleinen Kinder noch standhalten können? Zwar wird die Familie meist in Calw sein, aber sie werden auch alle miteinander ausführlich nach Ostelsheim kommen. Friederike hat in ihrem Leben

Loslassen und Vertrauen gelernt – das Loslassen auch von vielleicht ganz unnötigen Ängsten.

Soll man den Heimkehrenden entgegengehen? Oder soll Päule in ihrem Elternhaus nicht doch besser ganz und gar von Wärme und Nähe umfangen werden? Und wem wohl die Enkel gleichen?

Nun hört man Schritte und Stimmen. Sie kommen die Treppe herauf – und nach sechs Jahren schließen die Eltern ihren Sohn wieder in die Arme. Erschrickt die Mutter Stahl ein wenig über ihre geliebte, so rasch verblühte und schmal gewordene Schwiegertochter?

Nein, sie sieht durch alles hindurch, sie sieht mehr. Und der zweijährige Heine, der mit munterem, aber doch auch schüchternem Blick all die fremden Leute prüfend mustert, wird er die unbekannten Großeltern annehmen? Der vier Monate alte Gerhard schläft, sein liebliches Gesichtchen trägt die Züge der Mutter.

Der erste Heimaturlaub – er ist ein Augenblick dankbarer Erfüllung. Und alle miteinander werden sie die kostbare Stunde des Wiedersehens nie mehr vergessen.

Wieder daheim

Man muss es lernen,
sich zu behaupten und zu schicken zugleich.

Ludwig Koehler

Im Heimaturlaub schreibt man keine Briefe. Wir müssen also Heinrichs knappen Aufzeichnungen entlanggehen. Es überrascht, wie viele Veranstaltungen, Einladungen, Vorträge und Predigten der offensichtlich sehr begehrte junge Missionar wahrzunehmen hatte. Auch waren er und seine Frau häufig in Basel. Es lässt sich unschwer erkennen, dass sie neue Wurzeln gebildet haben und den Missionsgeschwistern innerlich näher stehen als manchen ehemaligen Schulkameraden und Freunden. Sie haben einen anderen Lebenshorizont gewonnen.

Die klimatische Umstellung freilich ging vor allem an Päule nicht spurlos vorüber. Immer wieder einmal findet sich bei Heinrich die Bemerkung: *Bei meiner Rückkehr am Abend liegt Päule mit Fieber zu Bett.* Auch der kleine Heine war oft unpässlich. Zunächst hatte er noch Würmer im Darm, und bis man das entdeckt hatte, war manche Woche vergangen.

Und was ist sonst noch zu berichten? Eine kleine Notiz von Heinrich fällt auf:

Sonntag, den 13. Oktober 1907

... Ich gehe mit Heimweh nach Ostelsheim ...

Dahinter steht eine schwere Entscheidung. Die beiden Bübchen konnten nicht mehr nach Kamerun mitgenommen werden. Die Gesundheit solch zarter Kinder ist in den Tropen gefährdet. Außerdem brauchten sie mit der Zeit eine geeignete Erziehung in Kindergarten und Schule. In Basel war für solche Kinder ein Internat eingerichtet worden, aber mit diesem Gedanken wollte sich die Großmutter nicht abgeben. So hatte sie sich bereit erklärt, für die Kinder zu sorgen. Doch in Ostelsheim, zusammen mit dem erblindeten Großvater, konnte diese Aufgabe von der bald Siebzigjährigen nicht bewältigt werden.

So kam es denn zu dem Entschluss der beiden alten Eltern, im kommenden Frühjahr von Ostelsheim weg in Päules Elternhaus zu ziehen. Darüber finden sich keine Anmerkungen. Der Rosenwirt und seine Frau, deren Familien jahrhundertelang in dem kleinen lieb gewordenen Ort gewohnt hatten, verloren keinen Seufzer darüber, wenigstens keinen hörbaren. Sechs Kindergräblein hatten zurückzubleiben. Auch der Schlossermeister Erhardt scheint kein Wort über den kommenden Umtrieb in seinem Haus verschwendet zu haben. „Mit Heimweh“ holte Heinrich zum letzten Mal das Obst vom „Bienengründle“. Man feierte noch einige Geburtstage draußen. Am Ende des Jahres notiert Heinrich:

Silvester 1907. Wir versammeln uns alle mit der Familie Eisenmann in Großpapa Erhardts Wohnung und erwarten dort die Mitternachtsstunde und den Anbruch des Neuen Jahres.

Das Jahr 1908 begann mit Schnee und Kälte, zur Freude der Kinder, die mit dem Vater Schlitten fahren durften. Auch der kleine Gerhard konnte nun schon ganz gut sitzen. *Einmal landeten wir im Graben*, betont Heinrich. Sodann wurden Neujahrsbesuche gemacht, vor allem beim Bruder Carl im Pfarrhaus zu Wart bei Nagold. Bald nach Neujahr fand dort die Taufe eines kleinen Sohnes statt. Da Päule bei den Kindern blieb, machte sich Heinrich allein auf den Weg. Beim Aussteigen auf dem dunklen Bahnhof stieß er mit einem älteren Herrn zusammen, der das gleiche Ziel hatte. Er war ein Verwandter von Carls Frau und stellte sich als „Eberhard Nestle“ vor.

„Potztausend, dr Nestle!“, rief Heinrich hoch erfreut und schüttelte beide Hände des Professors. Denn „der Nestle“ ist jedem Theologen bekannt, hat er doch das Griechische Neue Testament nach ältesten und besten Handschriften mit feinem Sprachgefühl neu herausgegeben und damit unvergessliche Verdienste für das Bibelstudium geleistet. Beglückt kamen die beiden Sprachbegabten sofort in ein anregendes Gespräch, das auch während des großen schön gestalteten Tauffestes im Warter Pfarrhaus nicht versiegte.

Päule schien gesundheitlich nur schwer ins Gleichgewicht zu kommen. Immer wieder bemerkt Heinrich: *Mit Päule beim Arzt.*

Als im Mai 1908 die Großeltern aus Ostelsheim (bei schlimmem Regenwetter) nach Calw umzogen, kam ihnen der kleine Gerhard schon mit eigenen Schrittchen entgegen. Er war in einem entzückenden, aber auch anstrengenden Alter.

Als letztes Erlebnis des Heimaturlaubs soll noch Heinrichs Fahrt mit seinen „afrikanischen“ Kollegen aus Basel nach dem damals deutschen Straßburg erwähnt werden. Er berichtet ausführlich darüber. Einen unauslöschlichen Eindruck machte ihm das Münster, dessen Turm er natürlich bestieg. Bei einem anschließenden Zusammensein wurde von einem bekannten Theologen namens Albert Schweitzer erzählt, der sich ganz dem Missionsdienst in Afrika widmen wolle und deshalb noch zusätzlich Medizin studiere. Er sollte später sogar nach Nyasoso kommen und den dortigen Brunnen bewundern. Albert Schweitzer schreibt:

Die Europäer werden nie begreifen können, wie grausig das Leben der armen Menschen ist, die ihre Tage in Furcht hinbringen. In dieser Hinsicht würden auch die größten Skeptiker, einmal an Ort und Stelle, Freunde der Mission werden.

Albert Schweitzers Name soll stellvertretend für die vielen, vielen Helfer stehen, deren Lebensopfer unbekannt und ungenannt blieben.

Nach dem Straßburger Ausflug musste für die Rückreise gepackt werden. Noch ein letzter Gang mit dem Vater zum „Bienengründle" in Ostelsheim, dann folgte der Abschied. Würde man sich je wieder sehen? Abschied von den drei Großeltern, von den Verwandten, den Geschwistern und deren Kindern, und zuletzt von Heine und Gerhardle. Eine halbe Stunde vor der Abfahrt stürzte der kleine Heine rücklings vom Sofa und fiel so hart auf den Hinterkopf, dass er blutete. Es war ein Wunder, dass er keinen Schaden davontrug.

Um seine Frau vom Abschiedsschmerz abzulenken, besuchte Heinrich noch mit ihr in Hamburg den großartigen Tiergarten des Zirkus Hagenbeck. Und dann ging es hinaus auf die unruhige Nordsee.

Wie gut, daß die Büblein bei unserem Abschied eingeschlafen waren, schreibt Päule, *und daß Ihr alle so standhaft waret, um es uns nicht noch schwerer zu machen.*

Betäubt vom Heimweh lief sie abends auf Deck hin und her, so lange, bis alle wieder seekrank wurden.

Teller, Tassen und Gläser flogen nur so von den Tischen, ergänzt Heinrich.

Nach vielen Tagen näherte man sich der Küste Westafrikas. Bei der Einfahrt ins Senegalgebiet fuhr der Dampfer dicht an einem großen französischen Kriegsschiff vorbei. Päule war es, als griffe eine kalte Hand nach ihrem Herzen. Ihre Generation hatte noch nie einen Krieg erlebt, aber plötzlich überfiel sie eine unerklärliche Bangigkeit. Mit bebenden Händen legte sie bei der Einfahrt in Duala ihren Brautschmuck an, den ihr vor vier Jahren Heinrich hier gekauft hatte. Wie lange kamen ihr diese Jahre nun schon vor!

Bei der Ankunft wurden beide von ihrem künftigen Mitarbeiter, Missionar Solleder, abgeholt. Er brachte sie an ihren neuen Wirkungsort.

Bonaberi, das Heinrich schon kannte, liegt am linken Ufer des Kamerunflusses, genau mit Blick auf das Kamerungebirge. Es war sehr still auf der Station, weil die Schüler noch in den Ferien waren. Die Matratzen waren durch heftige Regengüsse völlig durchnässt. Erste Einkäufe im jenseits des Flusses gelegenen Bonaku wurden getätigt. Danach begann der Alltag und Päule schreibt nach Hause:

Wir werden schon fertig mit dem Heimweh. Mit Gottes Hilfe ist bereits ein Monat verflossen ...

In Bonaberi

Liebe ist ein Überfluss an Kraft,
die den erfüllt, der nicht an sich selbst denkt.

Dag Hammarskjöld

Heinrich arbeitete sich rasch auf der Missionsstation Bonaberi ein. Schließlich besaß er einige Erfahrung, außerdem hatte sein Vorgänger, Missionar Dinkelacker, wertvolle Aufschriebe hinterlassen. Es waren eine Mittelschule von 110 Buben und die so genannte „Volksschule“ mit 126 Schülern verantwortlich zu leiten. Päule unterrichtete die Mädchen im Nähen, was bitter nötig war, denn sie konnten sich auf den Märkten höchstens Stoffe, aber keine Kleider kaufen. *Sie sind nicht ungeschickt, aber es dauert lange, bis ich sie an die Nähmaschine lassen kann ...*

Während des Schulbetriebes ging es fast verwirrend lebhaft zu auf der Station, denn auch die Leute aus der Umgebung strömten herbei. Oft dauerte das Kommen und Gehen der Hilfesuchenden die ganze Nacht hindurch, was Päule mit viel Humor nach Hause berichtet. Schmerzlich empfand sie die Not mancher Mädchen, die oft schon nach ihrer Geburt wie eine Ware verkauft wurden. Und gut ausgebildete, aufrichtige Christinnen wurden gar nicht selten an alkoholabhängige Naturburschen ausgeliefert. Schwierig wurde es, wenn irgendeine ansteckende Krankheit unter den Schülern ausbrach. Auch kamen Vergiftungen,

Verwundungen durch Messerstiche, Diebstähle und Schlägereien vor. Es gab Ärger mit Hilfskräften, Lehrern oder Kanufahrern. Der Schiffsarzt kam regelmäßig und untersuchte die oft erschütternd schlechten Zähne der Kinder. Taufen und Hochzeiten früherer Schüler fanden reichlich statt, und die erste Fahrt mit der von den Deutschen neu erbauten Eisenbahn wurde am 11.1. 1909 groß gefeiert.

Umso erholsamer waren dann die Ferienzeiten, wo Ruhe einkehrte. Sehr fein beschreibt Heinrich einmal einen Sonntagnachmittag nach der Heimkehr von seinen Gottesdiensten:

Zur Mittagsruhe setzte ich mich auf unsere große Veranda an der Flußseite des Hauses und las das Lebensbild des indischen Missionars Mögling. Dicht neben mir rauschten die mächtigen Blätter der hohen Bananenstauden, bewegt von der zarten angenehmen Mittagsbrise. Vom nahen Strand herauf, wo die englische Faktorei steht, tönten die Laute einer Guitarre: der schwarze Händler spielte ein Lied und sang mit seiner schönen Stimme dazu in der Sprache seiner Heimat. Die Sonntagsstille wurde durch nichts unterbrochen als durch das gleichmäßige Plätschern leichter Wellen am Ufer unseres Flusses, auf dem ab und zu lautlos ein Kanu vorüberfuhr ...

Nicht immer blieb es so still: Im Jahr 1908 brachen in Kamerun plötzlich politische Unruhen aus. Die Hintergründe werden aus den Briefen nicht ganz klar, aber vielleicht kann ein zwischen den Blättern aufbewahrter Ausschnitt manches erklären:

Österreich-Ungarn annektiert Bosnien und Herzegowina und wird dabei von Deutschland unterstützt.

Großbritannien und Rußland protestieren energisch. Die Türkei anerkennt die Annexion nach entsprechender Entschädigung. Ferdinand I. erklärt Bulgarien zum unabhängigen Königreich. Der deutsche Bundesrat tadelt den Kaiser wegen mangelhafter Zurückhaltung in außenpolitischen Fragen.

Da wagen es die Kameruner, gegen die Kolonialherrschaft aufzumucken. Hört denn niemand das ferne Donnergrollen über Europa?

Zunächst aber rumort die Erde: Als Päule im April 1909 eines Abends auf ihre Veranda trat, erblickte sie einen unruhigen, flackernden Schein über dem Kamerunberg. Und schon erbebte die Erde. Der Berg spie Feuergarben in die Höhe.

Es waren über hundert Erdstöße. Von der Veranda aus sahen wir die Flammen emporschießen. Die Schüler flohen schreiend ins Freie und die Einwohner stürzten verzweifelt aus ihren Häusern. Es sind wahrhaftig aufregende Tage ...

Wochenlang stand der Berg im Feuer, die Erde grollte und bebte. Die meisten Europäer verließen die Städte rings um das Gebirge. Päules Beschreibungen erinnern an den Ausbruch des Ätna im Jahre 2001. Sie zwang sich zu Ruhe und Gelassenheit, denn sie erwartete wieder ein Kind.

Genau ein Jahr nach der Abreise von Deutschland kam am 27. Juni 1909 ein Mädchen zur Welt. Die kleine Helene muss ein besonders reizendes Kind gewesen sein und wurde fortwährend von den schwarzen Frauen bewundert.

Die Kleine schläft so gut, daß ich wochenlang kein Zündholz brauche ... Sie ist ein sehr liebes Kind ... Sie ist die Freundlichkeit selbst ... Wir haben sie jetzt zusammen mit ein paar schwarzen Kindern getauft ... Sie ist der Liebling aller Schwarzen ... Jetzt fängt sie an zu sprechen, Duala, gemischt mit Deutsch ... Wir füttern Entchen mit weißen Termiten, das gefällt ihr, da jubelt sie ... Heute, am 2. Juni 1910, macht Helene ihre ersten Schritte ...

Das kleine Mädchen mag ein großer Trost für die Mutter gewesen sein, die oft ins Schlafzimmer schlich, um das Foto ihrer Bübchen zu betrachten. Und manchmal scheint auch ein leichtes Seufzen über etliche Alltagsbeschwerden aus ihren Briefen herauszuklingen. Woher bekommt man frisches Wasser, wenn die Zisterne leer ist? Was macht man, wenn Wanderameisen in Massen dahermarschieren? Was kocht man für den täglichen großen Esstisch und für die vielen Besucher?

Dabei ist Pauline sorgsam darauf bedacht, nur ja nichts Beunruhigendes nach Hause zu schreiben. Es ist rührend, wie Eltern und Kinder sich gegenseitig schonen wollen. Vor allem die Großmutter in Deutschland hütet sich vor Besorgnis erregenden Nachrichten und sie rührt damit an den Konflikt zwischen Wahrheit und Liebe. Sie schildert den Tagesablauf der kleinen Strolche – oft bei Nacht unter großer Müdigkeit geschrieben – mit so viel Liebe, dass man diese Großeltern in ihrem Erlebnisreichtum fast beneiden möchte. Jeweils zum Weihnachtsfest werden die neuesten Fotos der beiden Buben nach Kamerun geschickt. Sie stehen dann unter dem Ölpalmenchristbaum im Missionshaus.

Nur aus den Briefen an Ostelsheimer Freunde erfährt man, welche Mühe die Großmutter manchmal hat:

... Die Kinder sind gegenwärtig nicht ganz wohl. Gerhardle hat einen Ausschlag. Heine hat Schnupfen und Husten. Am Weihnachtsfest vermißten die Kinder ihre Eltern nicht, vor lauter Geschenken. Dennoch vergeht kein Tag, an dem Heine nicht etwas vom Vater erzählt ... Ach, wenn ich voriges Jahr gedacht hätte, daß ich nach Ostelsheim je einen Brief schreiben müßte und nicht selbst kommen könnte ... Leider kann ich Eurer lieben Einladung nicht folgen, denn Heine liegt seit acht Tagen an Scharlachfieber darnieder ... Ich kann nicht von ihm weg, nicht einmal, um das Nötigste zu tun. Gerhardle ist bis jetzt noch munter, aber der Arzt sagt, er bekomme das Fieber auch. Ihr könnt Euch denken, meine Lieben, daß wir sehr in Sorge sind, denn anvertrautes Gut hütet man noch mehr als eigenes ... Großpapa Stahl ist auch wieder sehr krank gewesen, Lungenentzündung. Er konnte wochenlang nichts genießen außer ein wenig Milch und saures Wasser. Seine Augen sind so schwach, daß er sich in seinem eigenen Zimmer nirgends mehr auskennt ... Heine ist unser Sorgenkind. Zwar ist er oft genau so wild wie der Gerhard, aber dann ist er wieder sehr bleich und hat matte Augen ...

Von viel ununterbrochenem Aufräumen und ständigem Streitschlichten, von Heines beginnenden ersten Schulnöten berichtet die Großmutter nichts nach Kamerun. Hätten nicht die Verwandten Friederikes Briefe aufbewahrt, könnte man meinen, man habe es höchstens mit schelmischen Engeln zu tun. Nur eine kleine erheiternde Bemerkung nach einer ernstlichen Erkrankung des Großvaters erlaubt sich die Großmutter zu berichten. Heine will sie trösten und sagt: „*Sei froh, daß dr Großvatter net gschterbt isch.*“

Calw

Drei Dinge sind uns aus dem Paradies geblieben:
Sterne, Blumen und Kinder.

Dante

Man kannte und liebte sie im Städtchen Calw, die beiden Stahlbrüder, die aussahen wie Zwillinge und Hand in Hand zum Kindergarten trollten. Sie waren gut veranlagt, aber ansonsten normale Lausbuben. Auch von Glaubensanfechtungen wurden sie heimgesucht: „Jetzt hen mr in dr Kinderschul scho zwoimol um Sonne bettet, daß 's Sach reif wird", stellte Heine während einer langen Regenperiode empört fest, „und jetzt regnet's trotzdem!" Ja, was will man da machen?

Ein anderes Mal schmeichelt Gerhard: „Gell, Großmutter, wenn dr Großvatter Erhardt nochher drunte in dr Werkstatt isch, no könne mr au wieder Dummheite mache!"

„O, der Gerhardle singt schon so schön!", erzählte die Großmutter. „Er ist sehr lieb!" Aber eines Morgens rückte der Dreikäsehoch an: „I kann heut net in Kindergarte, i bin so schlecht!" Die gute Großmutter hatte Verständnis und Heine marschierte allein los. Kaum war er aber weg, steckte Gerhardle sich hinter Großvater Stahls Ohr: „Jetzt gehet mir zwei schnell mitenander spaziere! I heb De!"

Ein überwältigendes Erlebnis war (am 11. August 1911) das Luftschiff des Grafen Zeppelin, das, aus Richtung Freudenstadt kommend, lange über Calw schwebte. Zum ersten Mal versuchte der knapp sechsjährige Heine sich in Schreibkünsten, um den Eltern in Kamerun das einmalig wichtige Ereignis würdig genug mitzuteilen.

Wie aufregend war auch das Calwer Kinderfest! Denn, o Wunder, die gute Tante Mathilde, die den Großeltern hilfreich zur Seite stand, schenkte jedem der beiden Buben einen roten Luftballon. Das war zu jener Zeit eine große Kostbarkeit. Ihr Bubenglück kannte keine Grenzen und krampfhaft hielten sie die teure Pracht in den von Zuckerwatte verklebten Händen. Gegen das Festbinden des Ballons aber wehrten sie sich. Und so nahm die Tragödie ihren Lauf, indem plötzlich Heines Ballon sich aus den Fingerchen löste und hoch, hoch in die Luft emporstieg. Durch Tränenschleier hindurch sah Heine seinen Lebenstraum im Himmel verschwinden. Noch am Abend konnte er vor Schluchzen kaum einschlafen. Als er am anderen Morgen erwachte und Gerhards Ballon, der am Bett festgebunden war, ihm in seiner zarten Farbenpracht entgegenleuchtete, begann das Schluchzen von neuem. Gerhard verfiel in tiefes Nachdenken, wie dieser Not zu begegnen sei. Gleichheit musste herrschen zwischen zwei Brüdern. Entschlossen nahm er seinen Ballon und trug ihn über die Straße zum Nachbarskind. „Du kriegscht mein Ballon! Wenn nämlich dr Heine koin hat, no will i au koin!"

Welch geniale Lösung heikelster Probleme! Und wie genial wäre sie erst, würde man solche Ideen nicht nur auf Luftballons, sondern auch auf ernstere Dinge wie Kriegswaffen anwenden!

Besonders schön war die Weihnachtszeit. Die Kinder

wurden von allen Seiten reich beschenkt. Die Großmutter brauchte eine ganze Briefseite für Kamerun, um die Herrlichkeiten aufzuzählen. Nein, die Kinder entbehrten keine Liebe. Schmausend und glücklich saß Heine vor seinem Gutslesteller. „Du wirscht doch Deine Gutsle net alle zmol aufesse?“, fragte besorgt die Großmutter. Heine schüttelte den Kopf: „Noi, noi, oins ums andere!“

Zuweilen mag es höchst lebhaft zugegangen sein in der großen Stube des Schlossermeisters. Die beiden Großväter hatten sich gewiss nicht selten in ausgeprägten Vaterrollen zu üben.

Eines Tages sagte die Großmutter: „Freut euch! Wenn der Gerhardle auch einmal in die Schule geht, dann kommen eure Eltern auf Heimaturlaub!“ – „Und sie bringen das Schwesterle mit!“, jubelten die Bürschchen. Sogleich dachten sie sich allerlei Spiele aus, womit sie die kleine Schwester beglücken könnten. Die Großmutter aber saß still dabei und dachte: Ob wir, der Großvater und ich, dieses Wiedersehen überhaupt noch erleben werden? Wir sind beide über siebzig und dem Großvater geht es nicht besonders gut. – Wieder einmal war das Vertrauen und das innere Loslassen verlangt.

Im März 1912 sah sich die gute Tante Mathilde, die den Haushalt mitführte, veranlasst, ihren Kamerunern mitzuteilen, dass es dem Großvater Stahl nicht sonderlich gut gehe. Die Tante wusste, dass Friederike ihre Kinder von Sorgen verschonen wollte, aber da die Briefe jeweils einige Wochen unterwegs waren, schien ihr diese Mitteilung jetzt nötig.

... Dem lieben Großvater Stahl geht es gar nicht gut. Fürs Besserwerden ist keine Hoffnung mehr. Es ist gewiß

schon vier Wochen, daß er nichts mehr zu sich nehmen kann, außer ein wenig Honigwasser und Himbeersaft. „Da könnt Ihr sehen, daß man auch ohne Nahrung leben kann", sagte er neulich. Es ist unfaßlich. Kürzlich sagte er: „Wenn mir gleich Leib und Seele verschmachten, so bist du doch, Gott, allezeit meines Herzens Trost und mein Theil." Ich kann Euch nicht sagen, wie anspruchslos und geduldig er ist. Ich bin fest überzeugt, daß er keinen Todeskampf mehr haben wird. Es ist auch jetzt schon arg genug. Er hat Schlundverengung …

Während dieser Brief übers Meer ging, saß Heinrich eines Abends bei seiner Predigtvorbereitung. Plötzlich sah er ein merkwürdiges Bild vor sich. Er schrieb:

Samstag, den 20. März 1912

… Mir war, als sähe ich Vaters Sarg zu Hause, wie er die Treppe heruntergetragen wird. Schwer drücken mich jetzt auf einmal die Sorgen um ihn, während ich meine morgige Festpredigt für unser großes Missionsfest vorbereite …

Genau zu dieser Stunde lag der Vater im Sterben. Und am nächsten Tag, am 21. März (gerade am Frühlingsanfang), am Abend, ½ 8 Uhr, ist er sanft und selig eingeschlafen.

Diese schwere Nachricht musste die Großmutter mit dem nächsten Schiff nach Bonaberi schicken:

Calw, 21. März 1912

… Ich bin fast nicht imstande, Euch zu schreiben. Wir haben viel verloren. Auch die Büblein haben sehr geweint. Er hat so geduldig gelitten. Wir haben nicht genug

geschätzt, was wir am Großvater hatten. Gott wolle uns mit seiner Kraft beistehen ...

Diese Nachricht kam erst Ende April in Bonaberi an. Heinrich war wieder von lästigen Geschwüren geplagt und saß auf der Veranda, als er den kurzen Brief der Mutter erhielt. Er notiert:

Am 21. März, dem Frühlingsanfang, hat Vater von seinem Leiden Erlösung gefunden. Er hat eingehen dürfen in den ewigen Lebensfrühling, dem keine Winterstürme mehr folgen. Ich schließe mit den Zeilen, die Vater geliebt hat:

Und ob es währt bis in die Nacht
und wieder an den Morgen,
soll doch mein Herz an Gottes Macht
verzweifeln nicht noch sorgen.

Wie gerne wäre der Sohn jetzt bei der Mutter gewesen, aber es galt, noch einige Zeit zu warten. Die sich häufenden Erkrankungen sowohl bei Heinrich als auch bei Pauline zeigten jedoch, dass es nötig war, bald den Heimaturlaub anzutreten. Sorgfältig bereitete sich Heinrich auf die Übergabe der Station vor. Beim Jahreswechsel 1912/1913 wollte Pauline den Haushalt noch an ihre Nachfolgerin, Frau Solleder, übergeben. Sie freute sich schon auf ein paar ruhige Tage fürs Packen. Doch sie freute sich zu früh. Frau Solleder erkrankte schwer und musste ins Regierungshospital gebracht werden.

Dann aber wurde doch noch alles gut: Im Januar 1913 stand „Eleonore Wörmann“ wieder bereit. Diesmal jedoch legte das Schiff bei der Heimreise in Bordeaux und nicht in Hamburg an, so ging die Weiterfahrt durch

Frankreich über Paris nach Basel. Die vierjährige Helene war entsetzt über das winterliche Klima, fror abscheulich und schrie manchmal so ungebührlich laut, dass die Leute auf der Straße zusammenliefen und die Eltern sich schämten. Als es schneite, rief sie erschrocken: „O, mir fällt Milch in den Mund!“

In Basel wurden die Ankömmlinge herzlich willkommen geheißen. Und endlich, endlich ging es auf einer Bummelstrecke der Heimat zu. Helene konnte ihre Brüder kaum erwarten.

Hochdorf bei Eutingen – die letzte Umsteigestation! Aber wer stand da am dunklen Bahnsteig und winkte heftig? Der Vater Erhardt war zu erkennen, aber die beiden Buben neben ihm – konnten das wirklich Heine und Gerhard sein? Wie groß waren sie geworden!

Schneller als die Eltern hatte die kleine Helene die Situation erfasst: Sie sprang den beiden Brüdern einfach in die Arme – und wurde selig aufgenommen.

In der Heimat

Es ist ziemlich sinnlos, den paar Regierungsmännern die Verantwortung für dies Inferno zuschieben zu wollen. Jeder Einzelne ist genauso schuldig.

Franz Marc (im 1. Weltkrieg gefallen)

Wie herrlich ist der Frühling in Deutschland! Vielleicht erkennt man dieses Wunder tiefer, wenn man einmal in anderen Ländern war. Im nahen Zavelstein blühten die Krokuswiesen, aus den Calwer Blumenbeeten leuchteten die Tulpen, und die Forsythien warfen ihr Gold über die Wege. Auf den Baumwiesen glänzten die Schlüsselblumen.

In der Familie Stahl begann der Frühling mit Gerhardles prächtig gefeiertem sechstem Geburtstag am Osterfest, bei dem endlich die junge Familie vereint war. Die Eisenmanns waren auch gekommen. Gottlieb Eisenmann war inzwischen Hauptlehrer in Ebingen auf der Schwäbischen Alb; Luise brachte ihre drei Kinder mit: den Erhard, der nun schon fast erwachsen war, die Gertrud, die sich wie eine talentierte ältere Schwester um die Kleineren kümmerte, und Friedrich, dessen Altersstufe am ehesten zu den Stahlbuben passte. Wie gut, dass von der älteren Generation noch der Großvater Erhardt und die Großmutter Friederike mit dabei waren. Man spürte ihre Freude über die Gegenwart ihrer Kinder und Enkel.

In den Osterferien genossen die größer werdenden Buben mehrere Ausflüge mit dem Vater. Man musste stramm marschieren lernen mit ihm! Aber was wusste er nicht alles aus der Tier- und Pflanzenwelt! Selbst Gesteinskunde interessierte ihn. Wie glücklich mag er gewesen sein über seine beiden begabten und lernbegierigen Buben! Auch bei Onkel Carl Erhardt in Wart im geräumigen Pfarrhaus kehrten sie ein. Gerne wanderte Vater Heinrich mit seinen Söhnen durch die frischgrünen Wälder und durch die hohen Tannen des Schwarzwaldes. Es war eine wunderbare Zeit.

Nur Pauline, die mit der kleinen Helene zu Hause beim alten Vater blieb, wirkte verhalten und erschöpft. Betroffen macht uns eine kurze Notiz von Heinrich unter dem 1. April 1913: *Mit Pauline im missionsärztlichen Institut (in Tübingen). Nur 50 Prozent Blut.*

Es war unumgänglich, dass die junge Mutter ins Tübinger Tropengenesungsheim kam. Die willensstarke kleine Helene war untröstlich, litt unter Heimweh und wehrte sich mit mächtigem Geschrei, das meist seine Wirkung auf andere Tröster nicht verfehlte. Sie wurde nach der Trennung von der Mutter auch sofort krank. Und auf die Blüten und frischen Blätter fiel mitten im Frühling noch einmal großer Schnee. „Zur Freude der Kinder", bemerkt Heinrich, sich selbst zum Trost.

Ich machte heute abend in der prächtigen Mondschein-Schneelandschaft einen Spaziergang, wehmütig gestimmt ...

Nein, so ganz ungetrübt begann diesmal der Heimaturlaub nicht. Auch Vater Heinrich war manchmal nicht wohl. Jedoch beschäftigte er sich in der verbleibenden Zeit intensiv mit dem Katalogisieren und Ordnen der Bibliothek des Calwer Verlagsvereins.

Dann begannen die verschiedenen Missionsfeste in den badischen und württembergischen Gemeinden und Heinrich war ein viel begehrter Redner.

Nach Pfingsten war Pauline wieder zu Hause und nun begann eine glückliche Zeit, über die Heinrich pünktlich immer wieder kurze Notizen gemacht hat. Darin ist viel von botanischen Ausflügen mit den Kindern die Rede, von Missionsveranstaltungen, weiten Wanderungen allein oder mit Freunden, Krankheitsvertretungen für Pfarrer, Verwandtenbesuchen und Fahrten, erstmals mit einer elektrischen Bahn.

6. Okt. 1913 – Besuch bei Vetter Bitzer in Ludwigshafen. Auf der Hinfahrt wirft unser elektrischer Wagen einen quer über das Geleise fahrenden Kohlenwagen samt Pferden um. Abends in Ludwigshafen entgleist neben uns ein elektrischer Wagen.

11. Okt. – Bei schönstem Herbstwetter mit Gottlieb Eisenmann zu unserem Ostelsheimer Gütle. Dann zum Dorf ins Gasthaus zur Rose, meinem Geburtshaus, wo ich mich in altbekannten und zugleich halb vergessenen Räumen, in denen ich meine Kindheit verbrachte, herumführen ließ. Freundlich-wehmütige Erinnerungen ... Anschließend Besichtigung des neu erbauten Bezirkskrankenhauses in Calw.

19. Nov. – Abschluß der Arbeit in der Bibliothek des Calwer Verlagsvereins. Pauline mußte wieder einige Tage nach Tübingen. Ende November kommt eine größere Vortragsreise nach Hessen (Kassel, Hofgeismar usw.) auf mich zu, von der ich erst kurz vor Weihnachten zurückkehren werde.

Wie gut, dass man nicht in die Zukunft sehen kann.

Hätte man sonst in Päules Elternhaus in Calw an Silvester so fröhlich auf das Jahr 1914 angestoßen? Von diesem Jahr sind nur spärliche Notizen vorhanden. Wir werden die Gründe dafür bald erkennen.

Zunächst musste Päule sich überlegen, wie sich die künftige Familiensituation gestalten solle. Drei Kinder würden ohne die Eltern zu versorgen sein, und die 74-jährige, inzwischen durch den Verlust ihres Mannes auch alt gewordene Großmutter Friederike konnte, selbst wenn sich immer wieder zusätzlich hilfsbereite Hände fanden, einer solchen Aufgabe nicht mehr gerecht werden. Auch der Vater Erhardt bedurfte der Schonung. Selbst bei bescheidenen Ansprüchen wäre das Geschäftshaus mit so vielen zusätzlichen Leuten – denn die Schlosserei musste ja wie bisher weitergehen – auf längere Sicht eindeutig überlastet gewesen.

Es ist bewegend, in den wenigen noch vorhandenen Aufzeichnungen den warmherzigen Zusammenhalt der Geschwister Erhardt zu spüren. Und schließlich reifte der Entschluss, die ganze Familie Stahl samt der Großmutter zu Luise Eisenmann nach Ebingen übersiedeln zu lassen. Das Lehrerhaus war geräumig, und Luise und Gottlieb wagten es, zu ihren drei eigenen noch die drei Kinder der Schwester samt der Großmutter bei sich aufzunehmen.

Das Landstädtchen Ebingen (heute zusammen mit Tailfingen und weiteren Orten zu Albstadt geworden) liegt auf der Hochebene der Schwäbischen Alb und hatte schon im 13. Jahrhundert Stadtrecht bekommen. Es blieb aber eine übersichtliche Kleinstadt mit damals bedeutender Textilindustrie. Sicher dachten die Verwandten bei ihrer Planung auch an die kräftige Höhenluft, die den Kindern gut tun würde.

Nach dem Umzug schreibt der neunjährige Heine mit einer sorgfältigen, fehlerlosen Kinderschrift:

Ebingen, den 28. Juni 1914

Lieber Großpapa Erhardt in Calw!

Am Mittwoch sind wir nach Ebingen umgezogen. Es ist sehr schön hier. Wir gehen auch schon in die Schule. Wir gingen bereits spazieren. Viele Grüße von Deinem Heine, von Gerhard und Helene.

Und Päule ergänzt:

... Hier war alles schon an seinem Platz eingerichtet, als wir kamen. Großmutter hatte große Freude. Ich glaube, sie fühlt sich hier recht geborgen. Heinrich brachte die Buben am Morgen zur neuen Schule. Heine hat den Wechsel nicht leicht genommen, er kam weinend heim und mußte sich erbrechen. Er hatte den Lehrer betreffs der Hausaufgaben nicht verstanden. Etwas Heimweh nach Calw war natürlich auch dabei. Gerhard scheint die Sache leichter zu nehmen, er kam nicht aus dem Gleichgewicht. Helene hat schon Freundschaft geschlossen mit den Kindern des Hausbesitzers. Gestern, an ihrem fünften Geburtstag, hatte sie ein niedliches Dirndlkleid an, sie sah süß aus. Zwei Postkarten hat sie auch bekommen, darauf ist sie arg stolz. Montag früh gehen Heinrich und ich mit Missionar Trautwein nach Basel ...

Auch Heinrich äußert sich am Schluss des Briefes erfreut über die wohltuende Atmosphäre im Hause Eisenmann.

Schade, daß wir die gute Luft hier nicht länger genießen können.

Der Brief trägt das Datum des 28. Juni 1914. Welch ein Tag! Genau da fielen in dem serbischen Städtchen Sarajewo ein paar tödliche Schüsse, die das Gesicht Europas im 20. Jahrhundert und darüber hinaus verändern sollten. Erzherzog Ferdinand, der österreichisch-ungarische Thronfolger, wurde samt seiner Gemahlin von einem Fanatiker ermordet. Diese Tat leitete den Ersten Weltkrieg ein.

Ahnungslos machten sich Heinrich und Pauline für ihre Abreise nach Kamerun bereit. Natürlich erfuhren sie von dem Attentat, aber sie dachten sich nicht viel dabei. Was wusste diese Generation denn vom Krieg? Der Heimaturlaub war nun eben zu Ende. Drei entzückende Kinder mussten zurückgelassen werden, das war schwer genug. Es scheint, dass bei Päule die Schmerzgrenze überschritten wurde, sodass sie kaum mehr einer heftigen Empfindung fähig war.

Von Hamburg aus kommt noch einmal eine kurze Nachricht. Sie ist vom 9. Juli 1914 datiert:

... Wir sahen im Hafen das größte Schiff der Welt „Bismarck", das nun vollends ausgebaut wird. Hoffentlich hat der heitere Mut der Kinder trotz des Abschieds angehalten ...

Bei schönstem Sommerwetter fuhr der Dampfer „Eleonore Wörmann" majestätisch und ruhig über die Nordsee in den Atlantischen Ozean. Der blaue Himmel spiegelte sich im ruhigen Wasser. Es ist anzunehmen, dass diesmal niemand seekrank wurde, aber wir wissen es nicht. Von jetzt an erfahren wir für lange, lange Zeit überhaupt nichts mehr. Alles blieb still. Krieg war ausgebrochen und schlagartig hatte sich die Welt verändert.

Kriegswirren

Wenn man das Dasein als eine Aufgabe betrachtet, vermag man es immer zu ertragen.

Marie von Ebner-Eschenbach

Im Ostelsheimer „Bienengründle“ fielen die frühen Jacobiäpfel ins Gras. Die Getreideernte begann und die Ebinger Kinder stürmten in die Sommerferien. Bald wehte der Wind über die Stoppelfelder und die Störche zogen gen Süden. Auf der Hochebene der Alb ließen die Buben ihre Drachen steigen. Wenn die Deutschen wieder einmal einen Sieg errungen hatten, läuteten alle Kirchenglocken. Vom nicht allzu fernen Frankreich tönte bei Westwind der Kanonendonner bis nach Calw herüber. Im flandrischen Langemark stürmten 45000 junge Kriegsfreiwillige in den Tod. Vater Erhardts zwei Söhne Carl und Emil wurden zum Militärdienst eingezogen, und der Schlossermeister dachte an Heinrich und Päule. Aber alles blieb totenstill. Totenstill.

Tante Luise Eisenmann räumte ihren Garten ab und begann umzugraben. Die Kartoffelfeuer rauchten und die Herbstnebel senkten sich in das Calwer Tal. Die Großmutter in Ebingen saß mehr als früher im Lehnstuhl und sehnte sich nach dem ersten Feuer im Ofen. Sie dachte an Heinrich und Päule. Aber alles blieb still.

Die deutsche Kolonie Kamerun schien vom Erdboden verschwunden zu sein. Wie war es möglich, dass keine

Briefzeile nach Ebingen fand? Stufte sich auch die neutrale Schweiz samt Basel als feindliches Ausland ein?

Die Novemberstürme brausten übers Land und bald fiel der erste Schnee. Die Kinder jubelten, aber die Großmutter meinte, es breite sich mit ihm ein Leichentuch über die Welt. Die Abende wurden länger und Helene durfte, wie einst ihr Vater, die „Biblischen Poesien für Kinder“ von Christian Gottlob Barth „lesen“. Die drei Stahlkinder freuten sich auf Weihnachten und zündeten beim Schmoren der Bratäpfel eine Kerze an. Aber die Herzen der Erwachsenen waren schwer.

Endlich, endlich, kurz vor dem Fest, kam eine Karte vom damaligen Missionssekretär Layer.

Basel, den 12. Dezember 1914

... Heute erhielt ich eine Karte von Herrn Missionar Stahl. Er schreibt aus Accra, an der Goldküste, unter dem 11. November. Er möchte Ihnen mitteilen, daß es ihm und seiner Frau gut gehe. In Kamerun haben sie noch eine schwere Zeit durchlebt. – Wollen Sie nicht einmal über mich einen Brief an Herrn Stahl senden, damit er etwas von seinen Kindern hört? Ich will ihn gerne weiterbefördern.

Wie glücklich waren sie jetzt alle miteinander! Ja, über die neutrale Schweiz ließen sich gewiss Lebenszeichen nach Kamerun vermitteln.

Fast gleichzeitig kam auch eine Nachricht von Carl Erhardts Frau:

... Diese Woche war Frau Missionskaufmann Link bei mir. Sie kam von Kamerun über Basel hierher. Heinrich und Pauline haben viel durchmachen müssen. Ihr Haus wurde geplündert und zerstört. Ein Rucksack und

eine Handtasche ist alles, was sie noch besitzen. Heinrich wurde sofort abtransportiert. Päule blieb zunächst zurück. Weit und breit bloß schwarze Soldaten. Zuvor seien viele Missionare und die Frauen mit 150 anderen Deutschen im Spital eingesperrt gewesen, zwei Tage ohne Essen und Trinken bei großer Hitze. Dann kamen die Frauen gesondert auf ein Schiff. Auf einmal kam ein anderes Schiff auf sie zu, so nah, daß Pauline auf Deck ihren Heinrich erkennen konnte. Auch er hatte Pauline erkannt. Aber das Schiff fuhr vorüber und war bald außer Sichtweite ...

Und doch – mitten im Krieg leuchtete ein wundervoller Strahl von Menschlichkeit auf.

Denn am anderen Tag, so erzählte Päule später, tauchte ein kleines Boot mit einem englischen Offizier auf. Im Hintergrund saß Heinrich. Die beiden Männer wollten versuchen, Pauline auf Heinrichs Schiff hinüberzubringen. Das Abenteuer gelang. So war das Ehepaar wenigstens in diesen dunklen Zeiten beieinander.

Auf langen und schweren Umwegen wurden sie nach Accra gebracht und von dortigen Missionsleuten bereitwillig aufgenommen. Aber seit der englischen Eroberung und Vernichtung der Telefunkenstation in Togo war die Verbindung mit der Heimat vollständig abgeschnitten.

Und so feierten denn die daheim Gebliebenen ein ernstes Weihnachtsfest. Wie harmlos war man doch in einen Krieg hineingeschlittert, der sich viel schrecklicher entwickelte, als man es sich je hätte ausdenken können. War es denn überhaupt noch sicher, dass man siegte? Erste Gefallenenmeldungen zitterten durch die bekannten Familien. Wann würde es einen womöglich selbst treffen? Von Emil, der Stütze des väterlichen Betriebes, kam kaum Nachricht aus dem Feld, und der Vater Erhardt war ständig in Sorge. Dass Heinrich und Päule in England interniert waren, musste man inzwischen annehmen. Wo und wie sie ihr Weihnachtsfest wohl erlebten? Wie anders sah in diesem Jahr der Silvesterabend aus! Im Vorjahr waren alle nichtsahnend noch beisammen gewesen und hatten so selbstverständlich frohgemut auf das Neue Jahr angestoßen.

Bald danach kam ein Telegramm, das die Großmutter mit vor Freude bebenden Händen den Enkeln zeigte. Päule meldete ihre Entlassung aus der Internierung und ihre Ankunft in Deutschland. Am 8. Januar 1915 stand sie müde, aber zugleich auch strahlend unter der Tür des elterlichen Hauses in Calw. Sofort meldete sie sich brieflich in Ebingen, ihre Schrift ist fest und klar.

... Leider mußte ich Heinrich in England in der Internierung zurücklassen. Aber ich hoffe, daß er als ordinierter Missionar bald frei sein wird ... Ich muß euch bitten, mir meinen Mantel und meinen Pelz zu schicken, denn leider sind alle meine Kleider, die ich nach Kamerun mitnahm, dahin ... Daß es den Kindern gut geht, konnte ich hier sofort erfahren. Wir hörten ja über ein halbes Jahr nichts mehr ... Bis bald ...

Päule hatte Recht gehabt: Auch der Vater Heinrich kam nach kurzer Zeit angereist. Er hatte sich schriftlich verpflichten müssen, nicht am Krieg teilzunehmen und nicht gegen die Engländer zu kämpfen.

Abends, als alle Familienglieder einträchtig unter der Lampe im Ebinger Wohnzimmer saßen, begann endlich das große Erzählen.

Am 1. August 1914 waren Heinrich und Pauline im Hafen von Duala angekommen. Sorgenvoll wurden sie dort von Missionar Solleder empfangen: es sei Krieg ausgebrochen. Zusammen mit Generalschulinspektor Hecklinger entschlossen sich die beiden verantwortlichen Missionare, alle zum Schulbeginn bereits auf der Station angekommenen Schüler wieder nach Hause zu schicken. Nur die älteren Jahrgänge, die zur Arbeit gebraucht wurden, durften bleiben. Man holte sich Essensvorräte, denn man wusste nicht, was die Zukunft bringen werde.

Kaum war die englische Kriegserklärung an Deutschland ausgesprochen, begann auch schon die Beschießung, Zerstörung und Übergabe der herrlichen Stadt Duala. Engländer und Franzosen wetteiferten miteinander beim gegenseitigen Plündern im ganzen Land. Die Engländer waren erfahrener und besetzten flugs diejenigen Städte, in denen auf Banken und in Kaufhäusern noch etwas zu holen war. Die meisten Missionsstationen wurden in die Luft gesprengt, die Männer festgenommen. Die Frauen versuchten eine Flucht ins Landesinnere, aber sie entkamen nicht. Päule hatte noch eiligst dem Verwaltungsdirektor Nestele von der Basler Missionsagentur ihr kostbares Accrakreuz anvertraut. Sie wusste, dass sie irgendwann bis aufs Hemd ausgeplündert werden würde.

Viel Demütigendes, sowohl von Schwarzen als auch von Weißen, nicht zuletzt auch von den Franzosen, musste hingenommen werden. Nach zweitägigem Eingesperrtsein in großer Hitze, bei dem nicht einmal Wasser aus dem Brunnen geschöpft werden durfte, kamen die Deutschen in den dunklen Lagerraum eines englischen Frachtdampfers. Wehmütig erhaschte Heinrich vom Kanu aus noch einen Blick auf Bonaku mit seinem schmucken Kirchlein. Es war kaum ein Jahrzehnt her, seit er und Päule dort getraut worden waren.

Mehr als zweihundert Leidensgefährten wurden in wenige Räume zusammengepfercht. Jedes der Missionsgeschwister hatte seine eigene Leidensgeschichte. Missionskassier Nestele war auch da und berichtete, dass er das Accrakreuz sicherheitshalber noch rasch vor seiner Abreise einem schwarzen Lehrer übergeben habe. „Was sind dieses Lebens Güter?“, dachte Päule, als sie davon erfuhr. Sie würde das Kreuz nie wiedersehen.

Der erste Transport kam in französische Gefangenschaft, unter dem Hohngelächter der Eingeborenen. Viele der deutschen Gefangenen gingen im Lauf der Zeit an den Strapazen im Wegebau mit schwarzen Aufsehern zu Grunde.

Heinrich und Päule hatten insofern Glück, als sie in englische Gefangenschaft gerieten. Auch war der englische Gouverneur in Accra den Missionaren wohlgesinnt, sodass sie bis zur Internierung in England unbehelligt blieben.

Ein Freund, Missionar Leibersperger, berichtet anschaulich von der Trauer beim Gang zur Landestelle des Gefangenenschiffes:

Wer diesen Auszug und den schmerzlichen Abschied erlebt hat, kann ihn nie wieder vergessen ... Mit vielen Opfern an Geld, Gesundheit, Leben, durch unermüdliche Arbeit und Geduld haben wir hier innerhalb eines Vierteljahrhunderts in diesem wilden sumpfigen Land etwas Neues geschaffen, Häuser und Wege gebaut, zwei

Bahnen ins Innere des Landes geführt, Musterpflanzungen angelegt, den Schiffen Wasserwege gegraben ... Aber es meldeten sich auch die Ankläger in der eigenen Brust: unsere Habsucht, Ungerechtigkeiten und Härten gegenüber den Eingeborenen – das zeugte gegen uns, ohne die Feinde zu entlasten.

Diese und ähnliche Berichte erinnern ein wenig an die Nazizeit und ihre Gräuel. Die geplagten Kameruner Missionare allerdings dachten damals eher an die Hugenotten, die vor Jahrhunderten um ihres Glaubens willen ohne Hab und Gut die Heimat verlassen mussten.

„Und was machst du jetzt, Papa?“, fragte der zehnjährige Heinrich am Schluss solcher bei aller Verhaltenheit doch erschütternden Schilderungen.

„Das weiß ich nicht, Heine. Zuerst muss ich mich in Basel melden. Dazu brauche ich jetzt freilich einige Papiere, Ausweise und Pässe, die früher, im Frieden, nicht nötig waren.“

„Kannst du nie mehr nach Kamerun zurück zu deinen Schülern?“

„Zunächst nicht. Aber ein Fünkchen Hoffnung will ich mir dennoch bewahren. Der Gedanke, nie mehr in meine geliebte Missionsarbeit zurückkehren zu können, würde mir im Augenblick noch allzu schwer fallen.“

Das Päule sah zu ihm hinüber und nahm seine Hand. „Wir sind am Leben geblieben, dafür wollen wir dankbar sein.“

Er nickte ihr zu, aber das Herz war ihnen beiden schwer. Die Zukunft lag sehr dunkel vor ihnen. Und es war beglückend zu erfahren, dass die lebensfrohen Kinder ihnen keine Möglichkeit zum Trübsinn ließen.

Rückkehr im Krieg

Das Leben ist mehr Einwilligung als freie Wahl.
Wie selten wählen wir!
Wir sagen ja oder nein zu den Möglichkeiten,
die uns geboten werden.
Die einzige Freiheit des Menschen besteht darin,
dass er das Segel gespannt hält
oder es ermattet sinken lässt.
Der Wind kommt nicht von uns.

Abbé Pierre

Wie wohltuend wäre es, nun wieder über lauter erfreuliche Dinge berichten zu können, aber wir müssen vom Leben erzählen, wie es ist. Von der Erschütterung, wie sie durch den Ersten Weltkrieg ausgelöst wurde, machen wir Heutigen uns wohl kaum mehr einen Begriff.

Nichts war mehr wie vorher. Heinrich scheint allen Schwung verloren zu haben, Tagebuchnotizen zu machen. So fehlen uns manchmal die notwendigen Aufzeichnungen. Wir können uns aber vorstellen, wie schwierig der Neuanfang für die junge Familie war. Alle Lebenspläne waren zerbrochen. Im Rückblick mögen sich die Jahre in Kamerun geradezu ein wenig verklärt haben.

Im Ebinger Schulhaus war Einquartierung. Die – zusammen mit der Großmutter Friederike – sechsköpfige Familie brauchte eine neue Bleibe. Man kann sich denken, wie schwer es war, in Kriegszeiten etwas Geeignetes zu finden ...

Ich schicke mich gern in alles ..., schreibt Päule einmal. Eine gewisse Resignation ist bei der von Natur aus tatkräftigen und zielbewussten Frau nicht zu überhören. Hatte man ohne Erfolg schon zu viel gesucht?

Endlich fand sich aber doch etwas Passendes: In der Calwer Ledergasse Nr. 96 wurde eine ausreichende Wohnung frei. Sie war nicht weit von der Schlosserei entfernt und so freute sich auch der Großvater Erhardt über die Nähe seiner Kinder.

Die Großmutter und ihre Enkel kehrten nun wieder mit den Eltern nach Calw zurück, hatten sie doch die Zusicherung von der Tante Luise Eisenmann, alle Ferien in Ebingens herrlicher Luft verbringen zu dürfen. *Helene war sofort zuhause hier in Calw*, bemerkt Päule auf einer Postkarte. Heine kam aufs Gymnasium, auch Helene wurde eingeschult. Sie spielte bereits recht nett Klavier. Der ebenfalls musikalische Gerhard freute sich auf eine Geige, die er zu Weihnachten bekommen würde.

Von Basel erhielt Vater Heinrich den Auftrag, eine Predigerstelle, verbunden mit Schulstunden, im damaligen Hessen-Nassau zu übernehmen. Womöglich hatte er dort in der Vorkriegszeit bei seinen Reisen einen besonders erfreulichen Eindruck hinterlassen? Man besorgte ihm ein Zimmer in der glanzvollen Bäderstadt Wiesbaden. Es war allerdings unheizbar. Vielleicht dachte man, dass er bei seiner Reisetätigkeit doch nicht allzu viel dort sei. Erst mit der Zeit bekam er eine bessere Wohnmöglichkeit im Wiesbadener Hospiz in der Oranienstraße. *Wir sind ja so froh, daß Du endlich ein warmes Zimmer hast*, erwähnte Päule. Es gehen nun wieder einige Briefe, aber vor allem Postkarten hin und her. Sie sind billiger, denn es muss gespart werden. Heinrichs Gehalt kommt nicht so regelmäßig von Basel, wie es wünschenswert wäre. *Sollen wir denn von der Luft leben?*, fragt Päule wiederholt.

Heinrich berichtet von mühsamen Reisen in Hessen, von verspäteten Zügen, kalten Bahnhöfen und dunklen Wartesälen: *Die Wege sind schauerlich.*

Es sollen auch drei Worte nicht verschwiegen werden, die bei diesem tapferen und einsatzfreudigen Mann einen bitteren Geschmack hinterlassen: *Manchmal hadere ich.* Nur drei Worte, aber sie haben Gewicht. Mit wem hadert er? Gewiss nicht mit Gott, aber vielleicht doch mit dem Basler Missionshaus, das keine bessere Lösung für private Sorgen fand? Irgendwie ist zu spüren, dass die Schweizer im Blick auf die Deutschen nicht ganz neutral geblieben sind, wenigstens innerlich nicht.

Päule gibt sich alle Mühe, ihrem Mann das Herz nicht noch schwerer zu machen, aber immer gelingt es ihr nicht. *Ach, wenn Du doch bei uns sein könntest, Heinrich,* klagt sie, denn der Kriegsalltag wird mühsam. So nimmt etwa die Not um passende Schuhe für die Kinder einen breiten Raum in den Postkarten ein. Es gibt ja kaum mehr etwas zu kaufen. Schließlich erhält Helene zwei verschiedene Stiefelchen, aber sie ist selig damit.

Das ständige Abschiednehmen von Frau und Kindern bei den seltenen Besuchen kommt den Vater immer wieder von neuem hart an. Paulines Worte sind treffend: *Ach Heinrich, wie traurig muß Dir nach Deinem Weggang zumute gewesen sein in Deinem einsamen Stübchen …*

Heinrich weiß genau, wie viel in deutschen Familien bei der wachsenden Kriegsnot gelitten werden muss. Er denkt an die Soldaten in ihren Schützengräben und er ist dankbar, dass es ihm erspart bleibt, auf andere schießen zu müssen. Wenn die Kameraden draußen so Bitteres zu ertragen haben, dann will er sein Päckchen trotz allem geduldig auf sich nehmen. Und immer wieder findet er eine erfreuliche Begebenheit, über die er seinen Kindern berichten kann.

Ruhelos wanderte das Leid weiter von Ort zu Ort, von Stadt zu Stadt. Und als eines Morgens das Päule rasch zum Vater hinüberging, solange die Kinder in der Schule waren, sah sie ihn wie versteinert am Tisch sitzen. Er hielt die Nachricht vom Gefallenentod seines Sohnes Emil in der Hand.

Wie alt und müde sah der siebzigjährige Vater mit einem Male aus! Nur gut, dass sie, das Päule, jetzt in der Nähe war, denn ihre Schwester Anna, die bestens und liebevoll mehrere Jahre lang das Hauswesen geleitet hatte, war inzwischen auch schon einige Jahre verheiratet und lebte in Kirchentellinsfurt. Die gute Tante Mathilde, über der Straße wohnend, sorgte, so gut sie konnte, aber mit diesem Schicksalsschlag musste Christian Erhardt im Grunde allein fertig werden.

Emils Tod begrub manch liebenswerte Vorstellungen, vor allem auch die Zukunft der Schlosserei. Viel Freundlichkeit und einfühlsame Liebe ging mit ihm für immer aus ihrer aller Leben fort. Der Schlossermeister klagte nicht, aber eines Tages sagte er leise zu Päule: „Manchmal bin ich nun doch froh, dass ich schon so alt bin."

Kommt denn von keiner Seite mehr ein wenig Freude

ins Leben? O freilich! Zwischen die armseligen Kriegspostkarten mit siebeneinhalb Pfennig Porto und der stolzen Germania auf den Briefmarken drängen sich nun bunt bemalte, liebevoll verzierte Kinderbriefe. Freilich ist nicht zu übersehen, dass sie manchmal mit Säbeln und Fahnenbildern geschmückt sind, aber Kriegskinder wissen es wohl nicht anders.

Heine schreibt:

Lieber Papa!

Es geht uns gut. Wir laufen barfuß. Gestern sind wir beim Vogelnestchen gewesen, Du weißt es ja. Es sind jetzt sechs Eier drin. Das Vögelein war aber nicht da. Dann gingen wir über den oberen Teuchelweg heim. Da sahen wir eine schöne Eidechse. Am Samstag hat uns das Bäsle aus Ostelsheim einen Laib Brot und Butter und Eier gebracht. Das war wunderbar. Jetzt gibt es Maikäfer. Wir haben vier Stück, aber das Rudölfle hat zwölf Stück. Wir haben einen von ihm bekommen. Jetzt weiß ich nichts mehr. Damit grüßt Dich Dein Sohn Heinrich Stahl.

Groß war das Glück, wenn alle drei Kinder in den Ferien nach Ebingen durften. Die Großmutter und die Mutter konnten sich dabei auch immer wieder daheim ein bisschen erholen. Vor allem die kleine Helene scheint, den Briefen nach zu schließen, ein etwas anstrengendes Kind gewesen zu sein. Die Buben waren ruhiger. Sie trafen in Ebingen allemal ihre alten Kameraden wieder und genossen die Weite und Freiheit der Landschaft. Die sechsjährige Helene freilich fühlte sich dabei oft ein wenig allein. Die Spiele der Buben sagten ihr auch nicht immer zu. „Ich muss unbedingt ein Geschwisterchen haben, das zu mir gehört“, erklärte sie der Tante Luise. „Du solltest eben ein Stückchen Zucker für den Storch auf den Fenstersims legen“, meinte diese. Damit war Helene einstweilen beschäftigt. Wochenlang führte sie den Vorschlag der Tante gewissenhaft aus. In der Kriegszeit war das tägliche Stückchen Zucker ein Opfer der kleinen Person. Eigentlich musste der Storch bei so viel Aufwand ein Einsehen haben.

Hannele

Gottes Wege sind dunkel,
aber das Dunkel liegt in unseren Augen,
nicht auf seinen Wegen.

Matthias Claudius

Das Wunder geschah: Mitten in der traurigen Kriegszeit mit beginnendem Hunger füllte sich das Haus in der Calwer Ledergasse mit munterem Leben. Am 8. März 1916 wurde ein kleines Mädchen geboren, das am Gründonnerstag auf den Namen Johanna Pauline getauft wurde.

Zur gleichen Zeit starb an jenem 8. März in Korntal Heinrichs hochverehrter alter Freund Johannes Hesse. Seine Tochter Adele schrieb, er sei so leicht dem Irdischen entschlüpft „wie ein Vogel dem Strick des Voglers“. Dem jungen Vater, der sich bewegt über die Wiege seines Kindes beugte, kam ein altes Psalmwort in den Sinn: ... *der du die Menschen lässest sterben und sprichst: Kommt wieder, Menschenkinder ...*

Die kleine Johanna hatte ein fröhliches Wesen und wurde der Sonnenschein der ganzen Familie. Helene betrachtete sie als ihr persönliches Eigentum, sie zweifelte nicht an ihren Verdiensten um das Erscheinen des Schwesterchens. Aber auch die Brüder gingen entzückend mit der Kleinen um. In den kurzen schriftlichen Hinterlassenschaften jenes Jahres wird immer wieder das Hannele in allen Farben geschildert und gepriesen. Eine kleine Bemerkung von Mutter Pauline auf einer Karte an ihren Mann wirft aber doch ein schmerzliches Licht auf die damaligen Kriegsverhältnisse:

Haben wir denn keine Geburtsurkunde von Johanna zur Hand? Ich muß aufs Rathaus und einen Gummisauger besorgen.

Der Kampf mit Lebensmittelmarken, Kriegsanleihen, Nahrungsbeschaffung und Heizmaterial wird immer härter. Wie schwer mag es dem Vater Heinrich geworden sein, der Familie so wenig beistehen zu können. Einem Bekannten schreibt er:

Nachdem ich mich zuhause in Calw in jeder Hinsicht einige Tage aufgewärmt habe, sitze ich nun wieder kleinlaut in meiner öden Strohwitwerbude ...

Auch mit dem Hunger hatte er zu kämpfen. Sicher hat er manchmal gedacht: Was gäbe ich jetzt um ein Stück Schwarzbrot, wie es die Mutter damals in Ostelsheim so schmackhaft backen konnte ... Wenn ihm bei seinen Besuchen zu Hause etwas Essbares mitgegeben wurde, musste er Acht haben, dass es ihm in der Eisenbahn während der ständigen „Hamsterkontrollen" nicht abgenommen wurde.

Vom Jahr 1917 ab ist in den Briefchen der Kinder fast nur noch vom Essen die Rede. ...*Wir haben unser Laible Brot arg gespart ... Heute mittag gehen wir hamstern.*

Inzwischen kam das Hannele mehr und mehr ins Krabbelalter und auf die Füße. Das ist immer eine besonders anstrengende Zeit für die Mütter, weil die unerfahrenen Kleinen alle möglichen Experimente mit ihrem neuen Erlebnisbereich anstellen, auf Stühle steigen, Fenster öffnen, dem Herdfeuer zu nahe kommen oder die Treppe hinunterfallen.

Ein besonders begabtes „Kindsmägdle" war der Bruder Gerhard. Zwischen ihm und Johanna bildete sich schon früh eine vertraute Beziehung aus. Beglückt schreibt er an den Vater: *Johanna hat heute auf die Deckenleuchte gedeutet und laut gesagt: Licht!*

Von Pauline ist ein längerer Brief an Heinrich erhalten, der einem ans Herz greift:

Ruhe gibt's bei mir wenig. Vor allem auch des Kindes wegen ... Der Großmutter geht's ordentlich. Jammern tut sie ja nie ... Heines Beingeschwüre sehen nicht schlecht aus, die feuchten Verbände, die ich mache, scheinen ihm gut zu tun ... Gerhards Finger ist nun endlich einigermaßen geheilt ... Wegen Helene ist es mit ihrer Lehrerin gottlob zu einer Aussprache gekommen. Sie hat die Lehrerin auf der Straße nicht gegrüßt, sondern ist in ein Haus verschwunden, das hat diese ihr sehr übel genommen. Helenes Art macht mir immer ein wenig Sorge, sie ist oft so merkwürdig. Aber ehrlich ist sie ... Unserem Hannele habe ich heute die Haare geschnitten, eine Probe liegt bei. Am Montag wurde sie geimpft, hoffentlich geht's gut vorbei. Einen feinen Einfluss übt Dein Photo an der Wand auf sie aus. Wenn sie sich nicht waschen lassen will, sage ich: Der Papa sieht's! Dann lacht sie mit Tränen in den Augen und ruft so herzig: Papa, Papa! Und wirft dem Bild ein Kußhändchen zu ...

Hinter den mancherlei Kleinigkeiten und Alltagssorgen, welche die Mutter treulich nach Wiesbaden berichtet, verbirgt sich etwas anderes: Die Flügel ihrer Seele scheinen müde geworden zu sein. Sie wird nicht mehr recht fertig mit der Arbeitslast ihrer Tage. Sie fühlt sich nicht wohl. Körperliche Beschwerden stellen sich ein.

Schließlich muss der Arzt gerufen werden. Er stellt eine Amöbenruhr fest, noch ein Erbe aus den Jahren in Kamerun.

„Da bleibt kein anderer Ausweg, Frau Stahl. Sie müssen ins Tropengenesungsheim nach Tübingen, und zwar sofort!"

„Aber ich kann doch die Kinder nicht im Stich lassen! Es ist unmöglich!"

„Wenn Sie wieder gesund werden wollen, ist eine stationäre Behandlung unumgänglich!"

Päule muss tief durchatmen. Noch übersieht sie den Berg nicht, der sich vor ihr auftut. Aber da fällt ihr Blick auf den Lehnsessel, in welchem still die Großmutter Friederike sitzt.

„Solange die Großen in der Schule sind, kann ich auf Johanna aufpassen", sagt sie freundlich. „Heinrich muss Urlaub einreichen. Er hat jetzt auch ein Recht darauf. Du wirst sehen, dass es geht!" Die schwache alte Frau – welch eine Kraft geht doch immer wieder von ihr aus!

Krankheitsnot

Nicht da ist man daheim,
wo man seinen Wohnsitz hat,
sondern, wo man verstanden wird.

Christian Morgenstern

Das Tropengenesungsheim in Tübingen ist auf der Ansichtskarte, die Päule sofort nach ihrer Ankunft nach Hause schrieb, ein stattliches Gebäude in wohltuenden Proportionen. Dem Bild nach lag es frei auf einer Anhöhe und schien wie geschaffen zur Erholung und Ruhe.

... Ich habe ein schönes Zimmer mit Balkon, ich darf jetzt auch wieder spazierengehen. Wenn ich nicht dauernd an daheim und an unser Bummerle denken müßte, dann könnte ich mich im Tropengenesungsheim ganz wohl fühlen ... Wie geht es denn meiner kleinen Johanna? Hat sie arg Heimweh nach mir gehabt?

Es ist wahrhaftig nicht leicht für eine Mutter mit so kleinen Kindern, sich von den Sorgen um die Familie zu lösen. Und es war sicher gut, dass sie nicht beobachten konnte, was zu Hause alles so vor sich ging. Heinrich hatte zwar Urlaub erhalten und die gute Tante Mathilde kam immer wieder einmal zum Helfen vorbei, aber es dürfte manchmal dennoch drunter und drüber gegangen sein. Heinrich berichtete täglich kurz auf einer Postkarte das Wichtigste. Ob er einiges verheimlichte, wissen wir nicht. Dass die kleine Johanna an einem heftigen Bronchialkatarrh erkrankte, mag er der heimwehkranken

Mutter zunächst verschwiegen haben, aber die Kinder teilten es ihr mit, und die durchaus noch nicht gesunde Frau geriet darüber fast ein wenig in Panik. Verzweifelt schrieb sie:

Und ich muß in dieser Zeit von meinem Kind fort sein! Da ist es nicht leicht, ruhig zu bleiben und auf Genesung zu warten. Sollte es schlimmer mit Johanna werden, laß ich mich hier nicht halten! Gott gebe, daß wir unser Kind behalten dürfen! Wenn Du nur länger daheim bleiben könntest, Heinrich! Heute nacht hat mir geträumt, Du müßtest nach Kenia ... Und der Gerhardle hat doch am Freitag seinen 10. Geburtstag. Bei dem Schneegestöber kann ich ihm nichts besorgen in der Stadt. Ich muß auch immer um Erlaubnis bitten, wenn ich ausgehen will ...

Es ging gewiss auf allen Seiten bis an die Grenze der Kraft. Von Heinrich ist aus jenen Wochen ein Wort erhalten, das man sich merken sollte:

Ich wüßte nicht, was einen noch aufrecht erhalten könnte als der Glaube in Form von Geduld.

Sein angeborenes Geschick mit Kindern half ihm gewiss über die schwierigsten Stunden hinweg. Die achtjährige Helene gab sich sehr Mühe, sie fühlte sich deutlich als Mütterchen, tat recht wichtig und betätigte sich energisch in Küche und Haus. Sie war es auch, die eines Tages an die Mutter schrieb (und man müsste die fast fehlerlose, sorgfältige Kinderschrift mitliefern können):

... Du brauchst nicht kommen. Der Johanna geht es besser. Der Gerhard hat zu seinem Geburtstag trotzdem einen Kuchen gekriegt. Johanna ist heute selber im Wagen aufgestanden. Bei uns hat es Haberflockensuppe

gegeben. Es grüßt Dich herzlich, und noch einen Kuß dazu, Deine Helene.

Nach einigen Monaten konnte Päule wieder nach Hause entlassen werden. Welch ein Jubel mag bei ihrer Ankunft in der Ledergasse ausgebrochen sein! Die kleine Johanna kannte ihre Mutter nicht mehr, war aber gar nicht schwierig und gedieh weiterhin prächtig.

Die Johanna ist doch eine arge Rugel, schrieb Helene dem Vater, der bereits wieder in Wiesbaden war, um seinen Dienst zu versehen.

Während Päules Abwesenheit hatten Bekannte und Verwandte den Kindern immer wieder einmal etwas Essbares zugesteckt, sodass sie nicht eigentlich hungern mussten. Aber nun wurde die Lage für alle Deutschen mehr und mehr angespannt. Das Brot musste sorgfältigst eingeteilt werden. In Ostelsheim durfte man kleinere Mengen Kartoffeln holen.

Mit begrenzten Kräften schleppte sich Päule durch den Kriegsalltag. Übrigens wurde im Calwer Verlagsverein inzwischen das Missionsblatt eingestellt. Sie hatte es immer mit wachem Interesse gelesen, denn sie fühlte sich mit der großen Missionsfamilie in aller Welt besonders verbunden. Es fehlte ihr sehr, weil sie nun nichts mehr erfahren konnte.

Bei ihrer Heimkehr hatte Päule sofort bemerkt, dass die achtzigjährige Großmutter Friederike deutlich gealtert war. Manchmal kämpfte sie jetzt erstmals in ihrem Leben mit Schwermut. Auch der Großvater Erhardt, der früher so gerne herübergekommen war, zeigte sich nur noch selten, weil ihm selbst die kleinsten Wege beschwerlich waren. Warum nur wurden den Menschen im

Alter solch schwere Lasten auferlegt? Darüber war Päule manchmal traurig und hätte sich gerne von Heinrich trösten lassen.

Damit es keinem in der Familie zu wohl würde, bekamen im Herbst alle drei Schulkinder die Diphtherie. Die Krankheit war nun nicht mehr tödlich wie ein Menschenalter zuvor, aber sie erforderte bei der unzureichenden Ernährung viel pflegerische Sorgfalt. Die kleine Johanna wurde sofort beim Großvater einquartiert. Da die Buben auch nach ihrer Genesung nicht in die Schule gehen durften, konnten sie abwechslungsweise die kleine Schwester „drüben" hüten und mitversorgen.

Der Krieg dehnte sich. Sein Ende war nicht absehbar. Vom Jahr 1918 haben wir kaum nennenswerte Nachrichten in den alten Briefen. Nur der aufreibende Alltag mit Schlangestehen und Anträgen für Kindervergünstigungen ist darin festgehalten. Der Bruder Carl Erhardt, der als Feldgeistlicher eingesetzt worden war, schreibt:

Jetzt ist die schwere Zeit. Sie wird auch wieder weichen, wenn die Stunde dafür da ist. Eine große innere Gefahr ist, daß man müde und verzagt wird ...

Und der kleine Heine berichtet: *Es kreisen jetzt alle Tage Flieger über Calw.*

Die hilfreiche Tante Mathilde wird nun nirgends mehr erwähnt. Es ist anzunehmen, dass sie verstorben ist. Päule musste die Verantwortung für ihre vier Kinder und ihre beiden Alten allein tragen. Das war insofern nicht leicht, als der Vater Erhardt leidend wurde. Das viele Hin- und Herpendeln zwischen „hüben" und „drüben" war besonders anstrengend. Päule hatte keine Zeit mehr, ihrem Mann ausführlich über den Stand der

Dinge daheim zu berichten. Und dabei hätte auch er so notwendig eine Aufmunterung gebraucht!

Im Sommer 1918 starb schließlich Christian Erhardt nach längerem Leiden im Alter von 73 Jahren. Später empfand Päule dankbar, dass dem vaterlandstreuen Mann der Zusammenbruch des Deutschen Kaiserreiches im darauf folgenden November erspart geblieben war.

Danach begann die Nachkriegszeit, die fast noch härter war als der Krieg. Die Inflation schickte ihre Vorboten. Für Heinrich, der auf öffentliche Verkehrsmittel angewiesen war, wurde das Unterwegssein mühsam. Er schildert seine Lage eindrücklich auf einem Stück schlechten Papiers:

Bahnhof Nidda (Hessen), 13.2.1919

... Wenn ich um vier Uhr an meinem hessischen Dorf Eicheldorf angekommen sein werde, dann werde ich 33 Stunden unterwegs gewesen sein. Davon fallen auf die eigentliche Bahnfahrt (Calw – Eicheldorf) nur 11 Stunden. Das wird eine Rechenaufgabe für Helene: Wenn der Vater 11 Stunden mit dem Zug fährt, wie viele Stunden muß er dann bei großer Winterkälte in ungeheizten dunklen Wartesälen oder auf zugigen Bahnsteigen verbringen? Auch Nachtaufenthalte sind dabei ...

Als wahre Lebenskünstler erweisen sich jetzt die Stahlschen Kinder in ihren Briefchen an den Vater. Die Buben schreiben:

Wir waren den ganzen Nachmittag im Wald und sammelten Beeren zum Sattessen. Die Großmutter war auch mit. Wir bekamen jedes einen Apfel, das war eine Freude ...

Und die Mutter fügt hinzu:

Die Johanna jubelte und konnte sich nicht satt sehen an all dem Grün. Sie ist ein Prachtsmädle.

Gerade als die beiden Eltern beinahe jegliche Hoffnung auf ein gemeinsames Leben in der Familie aufgegeben hatten, erhielt Heinrich die Nachricht, dass man seine Versetzung in den Bezirk Calw ins Auge fasse.

„Kinder, stellt euch vor, bis zum Herbst wird der Vater für immer zu uns kommen!", verkündete die Mutter strahlend. Kann man die Zeit bis dahin überhaupt noch aushalten? Selbst das noch nicht dreijährige Hannele scheint die Botschaft genau verstanden und bejubelt zu haben. Das lässt sich aus einem Antwortbrief des Vaters entnehmen:

... Es ist rührend, wie das Hannele an mich denkt und den Vater bei seinem Kommen abholen will. Aber ach, es steht noch lange an, bis ich kommen darf. Doch jeden Tag kommt's näher.

Im Herbst 1919 war das Ziel erreicht. Der Vater konnte seinen Dienst als Reiseprediger in den Bezirken Calw, Neuenbürg und Leonberg antreten und bei der Familie wohnen. Endlich daheim! Wie glücklich war die alte Mutter Friederike. Wenigstens dies eine Gute hatte der Krieg und die böse Nachkriegszeit gebracht, dass sie jetzt alle beieinander sein konnten. Die Großmutter hatte das Glück, den Sohn in der Nähe zu haben, nicht mehr zu erhoffen gewagt. Wie lange würde sie es wohl noch miterleben dürfen?

Auch die Calwer freuten sich. Viele hatten Heinrich noch aus der Zeit seiner Buchbinderlehre in Erinnerung. Aus späteren, reichlich vorhandenen Zeitungsberichten erkennt man, welche Hochschätzung dem „hilfsbereiten und guten Menschen“ entgegengebracht wurde.

An den Abenden genossen es die Eltern besonders, dass Gerhard und Helene bereits nett miteinander musizierten. Wie beglückend würde in diesem Jahr das Weihnachtsfest werden! Trotz der ernsten Zeit würde man miteinander singen, musizieren und spielen, und der Vater würde von seiner Kindheit, seiner Jugend und von Kamerun erzählen. Das Päule würde an den Abenden mit ihrem Flickzeug dabei sitzen und sich ein wenig Ruhe gönnen. Bei aller Entbehrung freute sich die endlich vereinte Familie auf ein gemeinsames Leben. Mehr wollte man nicht, man war bescheiden und dankbar geworden.

Doch bis Weihnachten war noch ein weiter Weg zu bestehen.

Der Abschied

Das Unverständliche und Schmerzliche
ebenso mit Gott zu verbinden wie das
Verständliche und Heilende,
ist wohl das Letzte und Schwerste,
was einem Menschen zugemutet werden kann.

Werner Reiser

Im Jahr 1919 schleicht sie von Südeuropa über die Pyrenäen auch in das liebliche Schwarzwaldstädtchen Calw. „Ich bin die spanische Grippe“, raunt sie, „und meine heißen Umarmungen sind tödlich. Habt ihr Angst, ihr Menschen? Aber ihr entkommt mir nicht!“

Als hätte der Tod noch nicht genug auf den Kriegsfeldern Europas gemäht, holte er von Neuem mit seiner Sense aus.

Im Spätherbst 1919 machte sich Päule eines Nachmittags mit dem Rucksack auf den Weg nach Ostelsheim, um Kartoffeln zu holen. Sie sehnte sich nach frischer Luft und ein wenig Ruhe. Die Kinder würden, zusammen mit der Großmutter, schon zurechtkommen. Es waren ja nur ein paar Stunden, in denen sie abwesend war. Heinrich würde am Abend ebenfalls zeitig zu Hause sein. Und die dreijährige Johanna war inzwischen ausgesprochen vernünftig geworden.

Dass dem Päule bereits der Hinweg sauer wurde, mochte wohl mit dem trüben Novemberwetter zusammenhängen. So dachte sie. Wie unendlich dankbar war sie, wenn sie wieder etwas Essbares für die Familie auf den Tisch bringen konnte!

Als sie sich auf den Rückweg machte, wurde es bereits dunkel. Mit dem schweren Rucksack war das Gehen noch mühsamer als zuvor. Seltsame, traumartige Gedanken umkreisten sie. Manchmal wurde ihr schwindlig, das Atmen schmerzte. Recht spät und sehr erschöpft kam sie endlich daheim an. Heinrich hatte sich schon Sorgen gemacht. Sie verstand nicht recht, was mit ihr los war. Es war ihr auch gleichgültig. Sie wollte nur noch ins Bett.

Heinrich erfasste sofort, was da nicht stimmte. Grippe! Es war inzwischen möglich, die Schwägerin Luise Eisenmann in Ebingen telefonisch zu benachrichtigen. Hilfe tat not. Und schon am anderen Tag stand, von den Kindern jauchzend begrüßt, die einundzwanzigjährige Tochter Gertrud zum Einsatz bereit vor der Haustür in der Ledergasse.

Was dann geschah, muss sehr rasch gegangen sein. Niemand ist mehr da, den man nach diesen wenigen aufregenden Tagen fragen könnte. In der Mitternachtsstunde zum 19. November 1919 starb Pauline Stahl, geb. Erhardt, an der Grippe. Sie war neununddreißig Jahre alt. Ob sie den Abschied von den Ihrigen bewusst durchleiden musste? Ob das Fieber sie mit einem barmherzigen Schleier umfing? Wir werden es nie mehr erfahren.

Seit ihrer Hochzeit in Kamerun waren fast auf den Tag genau fünfzehn Jahre vergangen. Und nur zehn Jahre gemeinsamen Lebens waren den einander so tief Liebenden vergönnt gewesen. Wie rasch war die Zeit, der Heinrich einstmals Flügel geben wollte, nun in der Tat davongeflogen.

Wir sehen den unendlich langen Trauerzug vor uns, wie er sich langsam zum Calwer Friedhof bewegt. Es ist der Sonnabend vor dem Totensonntag. Viele Freunde aus der Mission, Verwandte und Bekannte sind gekommen. Die Kinder stehen eng an den Vater gedrängt, die kleine warme Hand der dreieinhalbjährigen Johanna hält sich an seiner großen Hand fest. Oder hält vielmehr er sich an dem Kinderhändchen? Es mag so gewesen sein.

Mit ergreifender Treue hat Heinrich in der darauffolgenden Zeit Johannas kindliche Aussprüche bewahrt und sie zu einem Heftchen gebunden. Hannele selbst war noch zu klein für eine intensive Trauer. Aber sie erfasste genau, dass der Vater sich freute, wenn sie von der Mutter sprach. Ganz gewiss tröstete er sich selbst ein wenig damit.

„Wo geht denn d' Mama heut in d' Kirch?", fragte sie am darauf folgenden Morgen, als die Glocken den Totensonntag einläuteten. Und wenig später:

„D' Mama schickt mir vielleicht was Schön's zu Weihnachte!" Ja, das kleine Wesen schien auf seine Weise viel über den Tod und die Ewigkeit nachzudenken.

„Papa, warum hast g'heult? Musst net heule, d' Mama isch jetzt en Engel!"

Ohne Hanneles Aussprüche wüssten wir nicht, dass der Vater vor seinen Kindern die Tränen nicht verbarg.

Neben solch kindlicher Gewissheit gab es aber auch schwierigere Fragen.

„Papa, kommt d' Mutter nie mehr?"

„Nein, Kind!"

„Warum net?"

„Weil 's im Himmel schöner ist!"

Darüber musste man nun doch sehr nachdenken. Den Himmel eintauschen für den Vater und die Kinder, die man doch lieb hatte, war das nicht ein bisschen komisch? Schließlich fand Hannele eine Lösung, wie sie nur ein Kriegskind erdenken kann:

„Ja, Ja! Im Himmel gibt 's schöner's Brot und schönere Äpfel – und keine Franzose!"

Ein andermal durfte das kluge Persönchen selbstständig eine Einzahlung zur Post bringen. Die Großmutter protestierte zwar energisch, aber das Hannele rief begeistert: „Do hat d' Mama e Freud, wenn se sieht, daß i scho auf d' Post kann! Da lacht se sich fast z'rück auf d' Erde!"

Auf der Post freilich war sie noch so klein, dass ihr Köpfchen nicht bis zum Schalterbord hinaufreichte. Als das Kinderhändchen die Einzahlung zum Schalter emporhob, rief der Beamte mehr ärgerlich als belustigt: „Habt ihr denn net noch a Kleineres daheim?" Sehr ernsthaft erwiderte die unsichtbare winzige Dame von unten herauf: „Noi, i bin die Kleinscht!"

Am Abend nach einem Waldspaziergang notiert der Vater:

Gerhard kletterte immer weiter auf den steilen Hang, während ich mit Helene und Johanna unten blieb. Da löste sich oben bei Gerhard ein kopfgroßer Stein und rollte auf Johanna zu. Ich reiße sie weg, und zwei Sekunden später saust der Riesenstein an dem Kind vorüber, genau da, wo sie gestanden hatte. „Diesmal hätte es dir schlimm gehen können!" sagte ich. „No wär i zu meiner Mama komme!" sagte sie. Ich: „Aber wir hätten dich dann nimmer!" Schlagfertig entgegnete sie: „Ihr tätet ja später doch alle nachkomme!"

Bisweilen stand dem Vater die brüchige Lianenbrücke aus Kamerun vor Augen. Schritt für Schritt musste man sie vertrauensvoll entlanggehen. So empfand er das Sichentlangtasten an Hanneles kindlich gedankenvollen Aussprüchen. Auch wenn er fühlte, dass Hannele keine eigentliche Trauer empfinden konnte, so gaben sich doch beide eine Art gegenseitige Stütze, und der Abgrund der Trauer konnte Schritt für Schritt bestanden werden.

Die junge Gertrud war fast eine Art Wunder an umsichtiger und herzhafter Frische. Erschwerend für sie kam hinzu, dass die Großmutter Friederike einen Oberschenkelhalsbruch erlitt, der in jener Zeit in solch hohem Alter noch nicht operiert werden konnte. So wurde sie bettlägerig und zunehmend hilfloser. Päules Tod hatte sie tief getroffen. Dankbar war sie, dass sie ihrem Sohn noch ein wenig nahe sein konnte. An den Vormittagen, wenn die Großen in der Schule waren, setzte sich das Hannele mit seinem Stühlchen neben das Bett und „las", wie einst ihr Vater und ihre Geschwister, die „Biblischen Poesien für Kinder" mit den feinen Stahlstichen. Da gehörte ihr dann die Großmutter ganz allein, und das war sehr behaglich.

Allzu lange hielten die Kräfte der alten Frau den zusätzlichen körperlichen Anforderungen nicht mehr stand. Am 30. Juli 1920 durfte die Achtzigjährige in den Armen ihres Sohnes heimgehen. Von außen gesehen war es ein bescheidenes, stilles und „kleines" Leben, aber die Enkelsöhne blieben ein Leben lang dankbar für die warme Fürsorge in den Jahren ihrer Kindheit, die sie als ausgesprochen glücklich und geborgen empfunden hatten.

Die gesamte, weit verzweigte Verwandtschaft hatte sich inzwischen Gedanken gemacht, wie der unvorhergesehene Engpass bei den jungen Stahls weiterhin zu bewältigen sei. Die einundzwanzigjährige Gertrud, die eigentlich nur ein paar Tage während Päules Grippeerkrankung hatte aushelfen wollen, bedurfte nach Monaten intensivsten Einsatzes der Entlastung. So hatte man eine entfernte Base aus Untertürkheim für die neue Aufgabe gewinnen können. Bertha Warth war 43 Jahre alt und unverheiratet. Sie war als Einzelkind in einem gepflegten, kleinen Stadthaushalt aufgewachsen und dadurch wohl etwas verwöhnt. Ganz einfach ist es bestimmt für alle Teile anfangs nicht gewesen. Wenigstens lässt sich das aus einem Brief von Heinrich unmittelbar nach der Beerdigung der Großmutter Friederike an seine Schwägerin Luise Eisenmann ahnen.

Calw, den 6. August 1920

... Endlich darf ich Dir Deine liebe Tochter Gertrud wieder zurückgeben. Mit beigelegtem Geldgeschenk möge sie sich eine Freude machen und dabei an die schweren Tage denken, da meine geliebte Pauline todkrank dalag, in jener mitternächtlichen Stunde mir durch den Tod entrissen wurde, was mich mit Herzeleid erfüllte, und wie sie mir dann die Sorge um die alte Mutter und die Kinder abnahm ... Sie hat unseren Haushalt mit großer Zuverlässigkeit und Umsicht geführt, als ob die liebe Pauline die Arbeit selbst gemacht hätte. Gott segne sie dafür ... Nimmer werde ich vergessen, wie sie die hilflose und nun selig heimgegangene Großmutter pflegte und nicht ein einziges Mal einen Seufzer hören ließ.

... Ich hoffe nun, daß durch das gleichzeitige Hiersein von Gertrud und unserer Cousine Bertha Warth zusammen diese einigermaßen in unseren Betrieb eingearbeitet ist. Den guten Willen hat Bertha gewiss, und dann wird Gott auch die nötige Kraft dazu schenken ...

Bertha war sicher nicht auf eine solch erhebliche Arbeitsbelastung gefasst gewesen. Wenn wir sie in den ersten Wochen in die Küche hätten begleiten können, dann hätten wir manch heimliche Träne ins Spülwasser fallen sehen. Andere Ess- und Lebensgewohnheiten mussten erlernt werden. Und an die Stelle der verstorbenen Mutter zu treten, ist nie einfach. Aber dann ging es, wie Heinrich gesagt hatte: zu dem guten Willen kamen die notwendige Kraft und die Liebe. Alle Familienglieder gewöhnten sich an sie und ihre Arbeitsweise. Gerhard schrieb später über sie:

Es ist uns Kindern an Liebe und Fürsorge nichts abgegangen, da bald nach dem Tod der Mutter und Großmutter eine Verwandte zu uns kam, die um uns Kinder so besorgt war, wie eine Mutter nur sein kann.

Das Accrakreuz

Die Tragödie des modernen Menschen besteht nicht darin,
dass er im Grunde immer weniger
über den Sinn des eigenen Lebens weiß,
sondern dass ihn das immer weniger stört.

Václav Havel

Drei Tage war es her, seit man die Großmutter aus dem Haus getragen hatte. Am Vortag war Gertrud in ihr Elternhaus zurückgekehrt. Wie öde wirkten auf einmal alle Räume! Bertha, die noch fremd war, blieb unsichtbar und werkelte wohl in der Küche. Nur das Hannele hängte sich an den Vater, wie immer, wenn er erreichbar war. Heinrich wurde an jenem Vormittag von einer lähmenden Traurigkeit und einem tiefen Verlassenheitsgefühl überfallen. Hoffentlich würde es besser mit ihm werden, bis die Kinder von der Schule kamen.

In diesem Augenblick brachte der Postbote ein an Heinrich adressiertes eingeschriebenes Päckchen. Hannele zog einen Stuhl an den Tisch und stieg hinauf, um dem Vater beim Auspacken zu helfen. Was kam zum Vorschein? Sorgfältig eingebettet lag auf seidenem Papier ein goldenes, mit einer winzigen Rose verziertes Kreuz an einer Kette.

Das Accrakreuz ... Wo kam es her? Und gerade heute! Zufall? Heinrich schloss die Augen. Bilder um Bilder drängten sich vor sein inneres Auge. Er sah seine strahlende Braut vor sich, wie sie sich mit leuchtenden Augen den Schmuck umlegte, während er ihr beim Zumachen half. Ganz nahe war sie jetzt. Was sollte ihm wohl mit dem Kreuzchen gesagt werden?

Er war so tief in Gedanken und Erinnerungen versunken, dass Hannele ihn energisch am Ärmel zupfen musste. „Papa, do isch noch en Brief! Les mol!"

Der Absender war Missionar Hecklinger, den er von Kamerun her kannte.

Spraitbach, den 5. August 1920

Lieber Bruder Stahl!

Ich habe die Freude, Dir das Accrakreuz nebst Kette und Brosche zukommen zu lassen, die ich von Bruder Rohde aus London zugesandt erhielt. Der Anblick des Schmuckes wird wehmütige Erinnerungen in Dir wachrufen und Deinen herben Verlust wieder recht eindrücklich machen.

... Dürfte ich um eine Bestätigung des Empfangs bitten?

Während der Vater dem Brief nachsann, hatte Johanna den Schmuck vorsichtig in ihre kleinen Hände genommen: „O, wenn d' Mama no lebe tät, do hätt se e Freud ghett, Papa! Und sie hätt 's Kreuzle glei azoge! Mir könnet's dr Mama mitbringe, wenn mr sterbet!"

Das Kreuz hatte in der Tat eine abenteuerliche Geschichte hinter sich. Wie schon erwähnt, hatte Päule es vor ihrer Internierung dem Verwaltungsdirektor Nestele anvertraut. Da dieser aber ebenfalls bald ausgewiesen wurde, übergab er es zuvor noch einem schwarzen Lehrer. In weiser Voraussicht vergrub es der Afrikaner. Als nach beendetem Krieg eines Tages ein amerikanischer

Lehrer auftauchte, grub er es aus und überreichte es diesem mit der Bitte, es nach Deutschland weiterzuleiten.

Der Amerikaner kannte niemanden in Deutschland. Er wusste aber in England von einem Missionar Rohde und schickte es ihm. Dieser kannte einen deutschen Missionar namens Hecklinger, fand seine Adresse heraus und sandte ihm den Schmuck zu. Für Hecklinger war es nicht schwer, Heinrich Stahl zu finden.

Lange, lange hielt Heinrich das kleine Andenken in der Hand. Wie wunderbar konnten solch winzige Dinge trösten! Waren sie nicht Boten der allumfassenden Liebe Gottes? *Ich will dich nicht verlassen noch versäumen ...* Ja, dies kleine Kreuz wies ihn in feiner Weise auf das große Kreuz hin, auf das alle Kreuze dieser Welt deuten. Und die Traurigkeit wich von ihm wie Nebel vor der Sonne. Und er wusste wieder: Christus hat uns zwar nicht vom Leid erlöst, aber doch von der Verzweiflung.

Während er die Verpackung vom Tisch räumte, bildete das Hannele eine Schale aus ihren Händchen, ließ sich das Kreuz hineinlegen und blickte dann andächtig zum Vater auf. Wusste sie, was sie sagte, als sie nun verwundert fragte: „Papa, warum trauert mr denn?“

Die goldene Kette

Eine leidfreie Gesellschaft ist eine belanglose Gesellschaft.

Ruth Pfau (Lepraärztin in Pakistan)

Mit dem Bild vom Kreuz in den Kinderhänden müssen wir uns von der Familie Stahl verabschieden. Von jetzt an können keine Briefgrüße mehr zwischen Heinrich und Pauline hin- und hergehen und unsere Briefgeschichte hat ihren Abschluss zu finden.

Inzwischen sind Johannas Hände längst keine Kinderhände mehr. Aber das Accrakreuz, das sie geerbt hat, leuchtet noch in unveränderter Schönheit.

Mir ist der Schmuck mit der Kette wie ein Gleichnis für diese Geschichte. Längst sind sie alle dahin gegangen, die darin gewirkt und gekämpft, geliebt und gelitten haben. Aber wie eine unzerreißbare goldene Kette reichten sie einander die Hände, wo Leben und Gemeinschaft in Gefahr waren, auseinander zu brechen. Sie achteten auf einen größeren Zusammenhang. Keiner dachte zuerst an sich selbst.

Im Blick auf unsere moderne Welt machte mich diese Entdeckung sehr nachdenklich. Unser inzwischen salonfähig gewordener Individualismus – weicht er allen Zumutungen aus? Wissen wir noch, wie sehr ein Opfer bereichern und beschenken kann?

Lassen wir die uns in den Briefen lieb gewordenen Menschen doch noch einmal alle an uns vorüberziehen: den zehnjährigen Heinrich, der sein Schwesterchen pflegte, solange die Eltern auf dem Acker sein mussten. Von heute aus gesehen scheint es fast eine Überforderung gewesen zu sein, aber ganz gewiss hat diese Zeit ihren Segen für seine Entwicklung gehabt. Und dann war da die junge Pauline, die so sicher den Weg ihrer Liebe ging und nach nichts anderem strebte, als ihrem Heinrich eine gute Gefährtin zu werden. Dabei nahm sie viele unsichtbare Opfer auf sich. Und die wunderbaren Rosenwirtsleute, die fraglos Haus, Hof und Heimat verließen, um ihren Enkeln eine liebreiche Kindheit zu ermöglichen. Der Großvater Christian Erhardt, der selbstverständlich sein Haus für viel neuen Umtrieb öffnete. Der junge Emil, der bereit war, auf ein Studium zu verzichten, um dem alternden Vater beizustehen. Gottlieb und Luise Eisenmann, welche den jungen Kleinen und der alten Großmutter eine warme Heimat gaben und mit – dadurch – sechs Kindern fröhlich alle Mühe auf sich nahmen. Der Rosenwirt, der seinen Sohn in ein eigenes Leben entließ; die Großmutter Friederike, die trotz vielerlei Lebensleid bis zum letzten Atemzug ihre Güte und Geduld einbrachte. Der Afrikaner Paul Jocky, welcher sich mit seiner jungen Kraft überall einsetzte, wo Not am Mann war und der danach auch bei widrigsten Umständen eine lebenslange Verbindung mit der Familie Stahl hielt. Der schwarze Lehrer, der bei dem Schmuck nicht an seinen eigenen Profit dachte. Tante Mathilde, die im Hintergrund blieb, aber immer sah, wo es fehlte. Die junge Gertrud, die ohne Wenn und Aber zur Hilfe herbeieilte. Und danach Bertha Warth, die ein ruhiges, bequemes Leben gehabt hatte und es mit viel Arbeit und Fürsorge eintauschte. Nirgends fand ich in den (nicht für die Veröffentlichung vorgesehenen) Briefen ein ungütiges Wort, nirgends fand ich Klatsch, materialistische Gesinnung oder verborgenen Neid.

Das ist etwas Großes, und es schenkt uns Heutigen neue Zuversicht in die guten Kräfte des Menschen. Denn auch heutzutage gibt es noch viele, die ihr Leben für andere hingeben, auch wenn sie von den Medien weithin ungesehen bleiben. Doch wer weiß, ob manch heimliches Opfer, das vergeblich erscheint, in hundert Jahren offenbar wird, so, wie es bei den vorliegenden Briefen nun der Fall ist?

Dass wir dieses verborgene, aber immer wieder wundersame, unser Herz berührende Geschehen ständig neu erkennen dürfen, davon redet das goldene Kreuzlein, das für die Hingabe Jesu an unsere Welt steht. Wenn wir es nirgends mehr erkennen, ist unsere Zukunft bedroht. Und wir spüren das ja auch im Grunde ganz genau.

Nachklang

Aufmerksame Leser möchten aber nun doch noch wissen, was aus dem Vater Heinrich Stahl und seinen Kindern weiterhin geworden ist. Davon sei abschließend kurz berichtet.

Heine und Gerhard besuchten die württembergischen Evangelisch-Theologischen Seminare und studierten anschließend Theologie im Tübinger Stift. Heine war zuletzt in Stammheim als Pfarrer, Gerhard in Warmbronn. Am Ende des Zweiten Weltkriegs ist Heine noch ganz zum Schluss als Vierzigjähriger auf deutschem Boden gefallen, am 3. April 1945. Er hinterließ eine junge Frau und vier Kinder. Als man seinem Vater die Nachricht überbrachte, war er zutiefst betroffen. Dann sagte er leise: „Wir wollen dankbar sein, dass wir ihn haben durften."

Gerhard erkrankte als junger Mann an Tuberkulose und wagte deshalb keine Familie zu gründen. Nach schwerem Leiden und einer zuletzt noch versuchten, aber missglückten Operation starb er ebenfalls im Alter von 40 Jahren in den Armen seines Vaters.

„Die Liebe der Schwester Johanna hat dem Verstorbenen eine gemütliche Häuslichkeit bereitet", schreibt ein Freund, Ephorus Gustav Lang, der selbst zwei Söhne im Krieg verlor.

Helene wurde eine gute Klavierspielerin und später eine hervorragende Organistin. Gewiss hat sie viele Menschen mit ihrem Spiel „in eine bess're Welt entrückt". Sie verheiratete sich in Calw, blieb aber ohne leibliche Kinder. Sie starb am 20. Juli 1997 ohne vorheriges Leiden im Alter von 88 Jahren.

Johanna wollte Altphilologie studieren, aber nach ihrem humanistischen Abitur im Dritten Reich hatte sie sich, ähnlich wie ihre Vorfahren, in die Situation zu fügen, wie sie durch ihren allein stehenden leidenden Bruder Gerhard entstanden war. Sie führte ihm den Haushalt und versah die Aufgaben einer Pfarrfrau. Bei der Zusammenarbeit mit Gerhard entdeckte sie ihre theologischen Interessen, die sie nach seinem Tod in den katechetischen Kursen unter Rektor Ludwig Gengnagel in Ludwigsburg bei intensiver Arbeit vertiefte.

Als im Jahr 1950 in Denkendorf das Diakonieseminar für junge Frauen eröffnet wurde (die Männer gingen auf die Karlshöhe bei Ludwigsburg), übernahm sie dort als Dozentin für Religionspädagogik und Altes Testament den Unterricht. Auch für die Arbeit in der Kinderkirche hat sie sich lebhaft eingesetzt.

Nach ihrer Pensionierung im Jahr 1981 blieb sie weiterhin mit Veröffentlichungen tätig. Als Lektorin tut sie in vielen Gemeinden noch heute einen wichtigen Dienst. Auch Ostelsheim wird dabei nicht vergessen. Den Koffer mit den Briefen hat sie erst nach Helenes Tod entdeckt. Vielleicht hätte sie von der sieben Jahre älteren Schwester noch manches erfahren können.

Und der Vater Heinrich? Er blieb als beliebter und viel begehrter Prediger und Seelsorger im Bezirk Calw. Einige Jahre nach Paulines Tod verheiratete er sich mit Bertha Warth.

Sein Wunsch, das Aufgabenfeld in Kamerun weiterzuführen, wurde ihm nicht erfüllt, weil Kamerun englisch-französisches Mandatsgebiet wurde und Deutsche unerwünscht waren.

Im Jahr 1937 jedoch durfte er seine geliebten Missionsstationen, die weitgehend wieder hergerichtet waren, noch einmal sehen. Zur Fünfzigerfeier der Kamerunmission erhielt er eine Freikarte als Geschenk. Da diese Begegnung sehr wichtig für ihn war, wollen wir sie nicht übergehen.

Kamerun war inzwischen in ein französisches und in ein englisches Mandatsgebiet aufgeteilt. Unter der Hakenkreuzfahne – welche Ironie der Geschichte! – waren die Besuche ehemaliger Missionare möglich geworden. Davon lassen wir den 62-Jährigen erzählen:

Andächtig schaute ich auf das wohlbekannte Landschaftsbild des gewaltig aus dem Meer aufsteigenden Bergmassivs des Kamerunberges. Ich erinnerte mich an die Unglückstage vor 23 Jahren, als wir in umgekehrter Fahrt von Kamerun weg, eng zusammengedrängt mit vielen Leidensgenossen in Kriegsgefangenschaft mit unbekanntem Ziel fortfuhren. Hat je einer den geliebten Boden Afrikas dankbarer betreten als ich?

Bei der herzlichen Begrüßung nach seiner Ankunft in Victoria wurde er gebeten, am nächsten Morgen eine Predigt in der Dualasprache zu halten. Diese Bitte erfüllte er gern. Seine einfühlsame tiefe Verbundenheit mit den Menschen in Kamerun kam in seiner Antwort auf die Frage, wie er denn in so kurzer Zeit eine solch hervorragende Predigt zu Stande gebracht habe, zum Ausdruck. Er fragte zurück: „Ist es nicht die Liebe?“ (Eine Besonderheit der Dualasprache besteht darin, dass Fragen mit Gegenfragen beantwortet werden.)

In Kamerun durfte Heinrich vieles von dem, was er gesät hatte, als fruchtbares Wachstum erleben. Sein getreuer Hausjunge Paul Jocky war inzwischen Kirchenpräsident im französischen Sektor geworden und nannte sich Sango Stahl. Er fühlte sich durchaus als Familienmitglied.

Immer wieder kamen auch viele ehemalige Schüler auf Heinrich zu. Gar nicht so wenige hatten darauf gewartet, dass er sie jetzt zum Dienst ordinieren dürfe. Er sollte ihre Kinder taufen und Hochzeiten halten. Beglückend erlebte er fröhliches religiöses Leben bei den schwarzen Menschen. Wie waren sie dankbar für viel Befreiung von Angst und Gebundensein! Auch die Missionsstationen waren weitgehend wieder aufgebaut.

Immer wieder bedachte Heinrich auch die Worte Albert Schweitzers:

Eine große Schuld lastet auf unserer Kultur. Wir sind gar nicht frei, ob wir den Menschen draußen Gutes tun wollen oder nicht, sondern wir müssen es. Was wir ihnen Gutes erweisen, ist nicht Wohltat, sondern Sühne.

Selbst wenn Albert Schweitzers Worte in unserer modernen Welt anders klingen, so spüren wir doch genau die schmerzliche Wahrheit dieser Aussage. Heinrich wusste damals noch nicht um die globalen und bedrohlichen Ausmaße, in denen unsere Welt heute steht. Trotzdem waren die eigentlichen Probleme ihrem Wesen nach ähnlich. So schreibt er am Schluss seines Reiseberichtes:

Unsere Mission ist kein leichter Abschnitt auf der langen Kampflinie zwischen Licht und Finsternis. Ganze

Hingabe in Glauben und Gebet, in Arbeit und Kampf ist unerläßlich. Aber Gott hat sein Verheißungswort in der schweren Geburtsstunde unserer Kamerunmission wahr gemacht:

Ich will sie mehren und nicht mindern, ich will sie herrlich machen und nicht geringer.

Alljährlich in der Weihnachtszeit hielt Heinrich einen Festgottesdienst in seiner Heimatgemeinde, und die Ostelsheimer freuten sich darauf. Denn er kannte Leid und Schmerz und Angst in der Welt. Von ihm konnte man lernen, „wie das Leben geht". Man muss das Aufleuchten in den Augen der älteren Leute aus dem Bezirk Calw beobachtet haben, wenn sie sagten: „O, unser geliebter Vater Stahl!"

Manchmal mag er in Ostelsheim noch durch die Gassen des Dorfes gegangen sein, die seine Kindheit bewahrten. Die Gräber seiner Geschwister waren längst nicht mehr. Damals, an der Hand seiner Mutter, hatte er deren Schmerz nicht recht verstanden. Heute verstand er ihn. Dennoch mag trotz allem Schweren viel Dank in ihm aufgestiegen sein. *Sie kommen mit Freuden und bringen ihre Garben,* dachte er. Vielleicht könnte er sich dieses Wort einmal als Grabtext wünschen?

„Sango Enjenge" hatten einst seine Kameruner zu ihm gesagt, zu Deutsch: der Vater, der die Freude in Person ist. Damit hatten sie tief in sein Herz geblickt. *Die mit Tränen säen, werden mit Freuden ernten,* das wurde die Lebensmelodie vieler verarmter, schmerzgeplagter und hungernder Menschen, denen er begegnet war. Es war auch seine eigene Lebensmelodie. Er wollte sie bis zur letzten Stunde bewahren.

Die letzte Stunde kam am 22. März 1954, als er, 78-jährig, wenige Tage nach einem Sturz auf eisglatter Straße in großer Schwäche sanft entschlief. Viele Freunde aus aller Herren Länder gaben ihm das letzte Geleit. Auch der damals weitbekannte Missionar Adolf Vielhauer war gekommen; er brachte seinen schwarzen Gehilfen Elisa Ndifon mit. Beide hatten einander geholfen, die Bibel in die Balisprache zu übersetzen.

Zwei Freunde, Dr. Geprägs und Dekan Esche, sagten in ihren Trauerreden, durch welche die ganze Liebe schwingt, die so viele Menschen für ihn gehabt hatten:

„Unser Heinrich Stahl war uns ein Vater, fröhlich, freundlich, gütig, weise, ausgestattet mit einem köstlichen Humor. Wir haben alle viel verloren. – Ein reich gesegnetes Leben, über dem ganz sichtbar ein schimmernder Adel lag, jener Adel aus Gottes Welt. Wo Gott ein Leben so reich gemacht hat, da ist die Abschiedsstunde nicht mehr Trauerstunde. Da ist vom Sieg dessen zu sagen, der den Tod bezwungen hat.“

Aus dem Stammbaum der Familie Stahl

Stahl, Karl Heinrich,
Wirt und Bauer in Ostelsheim
bei Calw („Rosenwirt“)
geb. Ostelsheim 27. 10. 1833
gest. Calw 21. 03. 1912

Friederike, geb. Schuler
geb. Ostelsheim 24. 11. 1840
gest. Calw 30. 07. 1920
(Schwester von Caroline, geb. Schuler,
verheiratete Eisenmann in Calw, 1831-1915,
Tante von Gottlieb Eisenmann,
Oberlehrer in Ebingen)

Erhardt, Christian Ulrich
geb. Calw 03. 09. 1845
gest. Sommer 1918

I. Christiane geb. Gwinner
geb. 1847
gest. Calw 1882

II. Pauline geb. Butscher
geb. 1853
gest. Calw 1901

Stahl, Gottlieb Heinrich,
Basler Missionar in Kamerun
geb. Ostelsheim 08. 09. 1875
gest. Calw 22. 03. 1954

I. Pauline, geb. Erhardt
geb. Calw 09. 02. 1880
gest. Calw 19. 11. 1919

II. Bertha, geb. Warth
geb. Reutlingen 02. 09. 1876
gest. Calw 09. 05. 1967

Stahl, Theodor Heinrich,
Pfarrer in Stuttgart-Stammheim
geb. Nyasoso/Kamerun 30. 11. 1905
gefallen in Ibbenbüren
bei Osnabrück 03. 04. 1945

Stahl, Walter Gerhard,
Pfarrer in Warmbronn bei Leonberg
geb. Nyasoso/Kamerun 23. 03. 1907
gest. Heidelberg-Rohrbach 03. 07. 1947

Frick, Luise Helene, geb. Stahl
geb. Bonaberi/Kamerun 27.06.1909
gest. Calw 20. 07. 1997

Stahl, Johanna Pauline
geb. Calw 08. 03. 1916

Das Basler Missionshaus um 1900

Pauline Erhardt in der Zeit ihrer heimlichen Verlobung

Das Paar um 1904

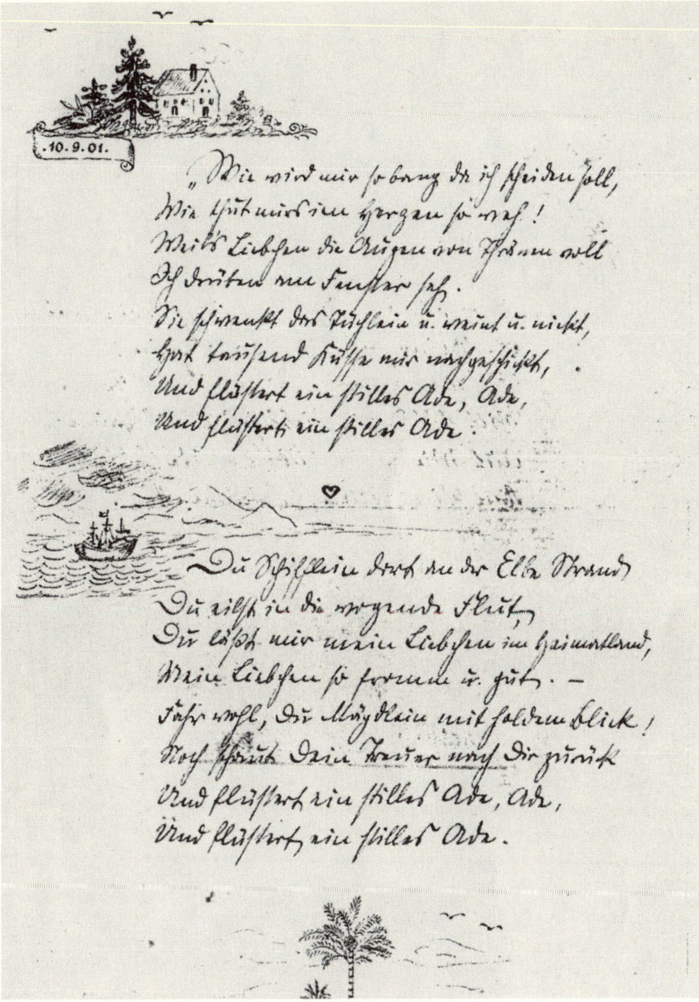

.10.9.01.

„Wie wird mir so bang da ich scheiden soll,
Wie thut mir ein Herzen so weh!
Mein Liebchen die Augen von Thränen voll
Ich drüben am Fenster seh.
Sie schwenkt das Tüchlein u. winkt u. nickt,
Hat tausend Küsse mir nachgeschickt,
Und flüstert ein stilles Ade, Ade,
Und flüstert ein stilles Ade.

Du Schifflein dort an der Elbe Strand
Du ziehst in die wogende Flut,
Du läßt mir mein Liebchen im Heimatland,
Mein Liebchen so fromm u. gut. –
Fahr wohl, du Mägdlein mit holdem Blick!
Noch schaut dein Treuer nach dir zurück
Und flüstert ein stilles Ade, Ade,
Und flüstert ein stilles Ade.

Das Abschiedsgedicht (siehe Seite 72)

Ein Gedicht für Pauline nach Goethe und in griechischen Buchstaben geschrieben

Missionsstation Bonaberi

Rast bei der Jägerhütte auf dem Weg zum Krater des Kamerunbergs

Hochzeit 1904

Heine und Gerhardle um 1907/08

Familie Stahl mit Großvater Erhardt und Großmutter Stahl 1913

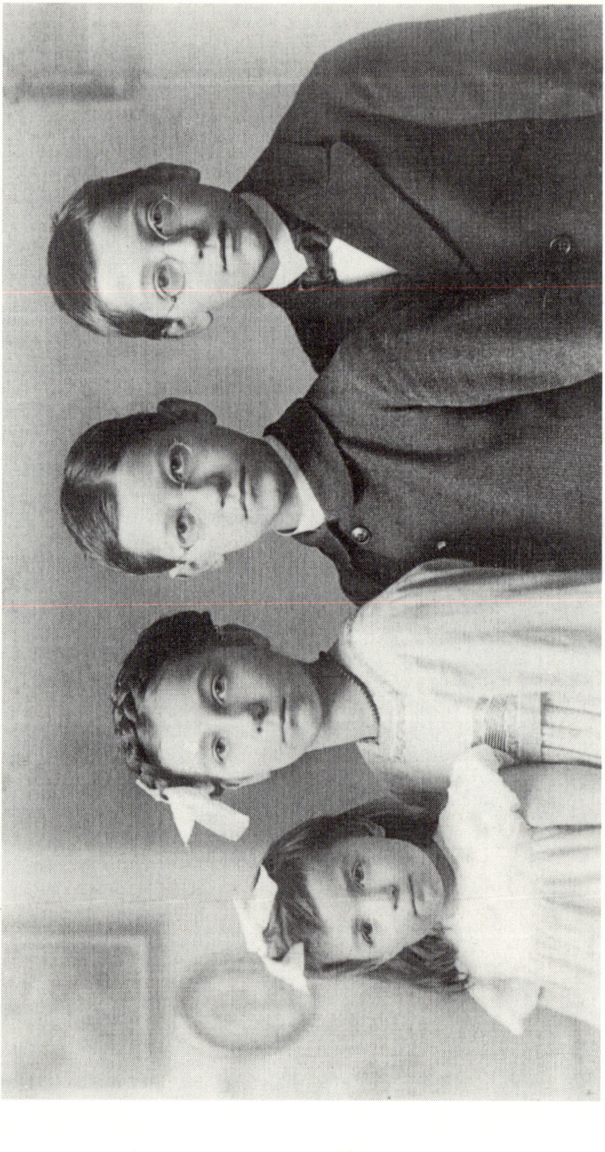

Die 4 Stahl-Kinder um 1919

Missionar Heinrich Stahl mit Pastor Modi Din von Kamerun Februar 1929 in der Ostelsheimer Kirche

Charlotte Hofmann-Hege, nach dem Abitur Studium und Staatsexamen in der ländlichen Hauswirtschaft, mehrjährige Führung eines Lehrbetriebes, Pfarrfrau in Bad Rappenau, drei Kinder, regelmäßige Tätigkeit in der ländlichen Erwachsenenbildung, zahlreiche Veröffentlichungen in Zeitschriften.